HEINRICH HÖPKEN

VÖRLESBOOK TO WIEHNACHTEN

AF569228

HEINRICH HÖPKEN

Vörlesbook to Wiehnachten

ISENSEE VERLAG
OLDENBURG

Umschlag: Klaus Beilstein, Oldenburg

Die Deutsche Bibliothek - CIP-Einheitsaufnahme

Vörlesbook to Wiehnachten / Heinrich Höpken. - Oldenburg : Isensee, 1995
ISBN 3-89598-279-2

© 1995 Isensee Verlag, Oldenburg - Alle Rechte vorbehalten
Gedruckt bei Isensee in Oldenburg

Een Woord vörut

Jedet Jahr vör Wiehnachten fraagt veel Lüüe nah plattdüütsche Wiehnachtsgeschichten to'n Vörlesen. Mit de Jahren hebb ik allerlei sammelt un immer woller vörlesen, besinnliche un vergnöögde Geschichten. Dat meist is ut'n Hochdüütschen överdragen. Ik glööv, so'n Book as dit gifft noch nich; un dorum hett de Verlag Isensee dit nu ok rutgeven.

1995 in de Tied vör Wiehnachten. Heinrich Höpken

Wot't steiht

Dat Wiehnachtsevangelium, Lukas 2, 1-20

Dat droog sik to, dat de Kaiser Augustus in Rom een Gebot rutgahn leet, dat all Lüüe in sien ganz Riek sik in Stüüerlisten inschrieven schullen; un jedereen schull dorhen gahn, wo he herstammen dee.

Do maak sik ok Joseph ut de Stadt Nazareth in Galiläa up de Reis' nah Davids Stadt in't Jüdische Land, dat weer Bethlehem, dorum, dat he to David sien Geslecht un Fründschupp höörn dee, dor wull he sik inschrieven laaten mit Maria, siene antroote Fro; de schull Mudder weern.

Un as se in Bethlehem weern, do keem de Tied, dat se to liggen kaamen schull. Un se broch ehren eersten Söhn to Welt, un se wickel em in Windeln un legg em in eene Kripp, denn dor weer anners kien Platz in de Harbarg.

Un dor weern Harders in de sülvige Gegend up dat Feld, de waaken s'nachts bi ehre Heerden. Un mit'n mal stunn een Engel ut'n Himmel vör ehr, un usen Herrgott sien Glanz un Herrlichkeit lücht um ehr, un se verjagden sik gefährlich. – De Engel aver sä:

„Weest doch nich bang'! Freut jo veelmehr, un mit jo schall sik dat ganze Volk freu'n, denn vandaagen is jo de Heiland geborn, dat is Christus, de Herr, in Davids Stadt!

Un dat schall för jo dat Teeken ween: ji weerd finnen dat Kind, inwickelt in Windeln, un liggen deit dat in eene Kripp."

Un as he dat seggt harr, do sweev mit'n mal een ganzen grooden Schoov van Engels um ehr, de sungen Gott to Ehren un säen: „Bi Gott in de Hööchde is Herrlichkeit un bi Minschen up de Eer, de Gott lieen mag is Freeden!"

Un as de Engels van ehr woller upflaagen weern nah'n Himmel, do säen de Harders een to'n annern:

„Laat us nu gau hengahn un de Geschichte sehn, de dor passert is, de us de Herr künnig maakt hett!"

Un se keemen in groode Iel un funnen beide: Maria un Joseph, dorto dat Kind in dat Kripp.

Un as se dat sehn harrn, do vertelln se allerwegens, wat ehr van dit Kind seggt worn weer. Un all tohoop, de dat to Ohrn keem, wunnerwarken över dat, wat se van de Harders höört harrn.

Maria aver beholl alle Wööer un föögde dat in ehr Hart tosaamen. Un de Harders keemen woller torügg to ehr Heerden, vull van Gott Loov un Dank för allns, wat se höört un sehn harrn.

Up twee Deele is to letten:

1. Wat de Engels singt hett twee Deele: Herrlichkeit bi Gott un Freeden up de Eer. Dat is fröher evangelisch un katholisch mit dree Deele verkehrt översett worn; evangelisch „und den Menschen ein Wohlgefallen" weer verkehrt, un katholisch „bi de Minschen mit gooden Willen" weer verkehrt.

2. Wat Maria seggt „und bewegte sie in ihrem Herzen" is bit in use Jahrhundert nich richtig översett worn. Dat griechische Wort in'n Urtext heet richdig översett: tosaamen föögen un meent: Himmel un Eer föögte se tosaamen. De eerste, de dat richdig översett hett, weer de katholische Theologie-Professor Fridolin Stier „Das Neue Testament" 1989, Kösel Verlag, München. Vörher hett dat all Bischof Stählin in siene Predigthülpen 1958 verklaart, Stauda Verlag, Kassel.

Stille Nacht, heilige Nacht

Stille Nacht! Heilige Nacht!
Allens sleppt! Eensaam waakt
bloots dat troote, hochheilige Paar,
dat in' Stall to Bethlehem wor,
bi dat himmlische Kind, bi dat himmlische Kind.

Strahlende Pracht
schient dör de Nacht,
Hirten eers kund is maakt.
Dör de Engel Halleluja
klingt dat Land van feern un nah:
Christ de Retter is dor! Christ de Retter is dor!

Licht statt Nacht
hett us bracht,
heiliges Kind, diene Macht.
Ut Leev liggst du henbettet up Stroh,
o wo maakt us dien Anblick so froh,
froh dien Kaamen up Eerd!
Froh dien Kaamen up Eerd!

Stille Nacht! Heilige Nacht!
wo sik hüüt alle Macht
van den Vader sien Leev rutgoot
un as Broder vull Huld umsloot
Jesus de Völker van' de Welt,
Jesus de Völker van' de Welt!

Nah Joseph Mohr, 1818
(So is dat Leed van Joseph Mohr dicht, un Franz Gruber hett de Melodie dorto maakt, mit 4 Strophen. Dit is de Urtext.)

Wiehnachtspredigt van Leo I.

Eene van de ollsten Wiehnachtspredigten nah Gregor van Nazians un Augustin is de Predigt van den Papst Leo I. (440 – 461).

De fangt so an:

„Laat us frohlocken, denn vandaagen is us de Heiland geboren! Dor draff kiene Trooer upkaamen, wo doch dat Leven sülm to Welt kummt, dat de Bang' vör den Dood nimmt un us mit Freude vull maakt, un dat ewige Leven toseggt. Nums ward utslaaten van disse Jubelfier, all hebbt densülven Grund in festliche Stimmung to weesen, denn wo use Herr, de de Sünde un den Dood toschann' maakt, nums findt, de ahne Schuld is, so kummt he, um all free to maaken."

Un se geiht so to Enn: „Laat us also Gott, den Vader dör den Söhn in den Heiligen Geist danken. Hett he sik doch, he harr us so leev, över us erbarmt, un wenn wi ok dood weern dör Sünde, hett he us lebennig maakt mit Christus, wi schullen in em een neet Wesen, een neet Gebilde weern. Laat us also den oolen Minschen afflеggen, mit allns, wat he deit, un nahdem wi Andeel kreegen hebbt doran, dat Christus Minsch word, affseggen de Warke van use Fleesch! Lehr du, o Christ, diene Würde kennen. Kehr du nich, nahdem du an de göttliche Natur Andeel hest, to dat bööse Doon, to dat oole slechde Wesen torügg! Denk doran, von wat vör een Hööft du een Gleed bist! Maak di klaar, dat du ut de

Macht van de Düsternis wegreeten bist un in Gott sien Riek vull Licht versett worn bist! Dör dat Sakrament van de Dööp bist du to eenen Tempel van den Heiligen Geist worn. Verdriev nich dör slechde Warke eenen so hoogen Gast ut dien Hart! Giff di nich nee as een Knecht van den Satan! Dat Blood Christi is doch dien Kooppries. Ward di doch in Wahrheit richten, de die barmhartig erlöst hett, de mit den Vader un den Heiligen Geist walten deit in Ewigkeit."

Ut eene Bremer Wiehnachtspredigt um 1800

Un wo de Allerbarmer un Freedenfürst un Seligmaaker van Gott her un in groode Gnad allns anners sütt as wi Lumpengesindel, dat van de Sünde faat is, över sien Gebot weggeit un den leeven Gott den Dag stehlen deit, hett he in sienen grooden un edeln Sinn beslaaten, di in't Hart to leggen, dat ji hier up de Eer in den Stoff un Unrat Eer freeten schöllt as de Slang' un de Pest an'n Hals kriegt, un de Minsch sien Eerdenleven bit to'n Rest utkosten mööt, dat he wahrhaft selig un gerechd ward un de Vergebung an sien ganzen Lief un Seel faaten kann. Ji in jo deepste Leven, ji Kraturen, vör de Vörsehung vull Huld, smiet jo daal, bekennt jo'e Doodsünden un all de annern Sünden, riet an jo Haar un slaat jo mit de Streemen van dat slechde Geweeten: Gott, de Herr, erbarmt sik över jo, de ji so geil stinkt un rüükt in jo Süüken, Gott leggt sik jo in eene arme Weeg, de Kripp, wo Oss un Esel ut freeten doot. Ji sind slechd un noch slimmer as jeden Oss un jeden Esel un hangt jo lüstern Smuck över de Bost un heevt jo' Neesen nah den Satansbraaen. Ji sind de Kripp nich wert, wo Gott as Kind geboren is, in siene himmlische Gnad un Gerechtigkeit allns dulden deit un siene göttlichen Finger up de verkehrten Summen leggt un jo wahrschoot. Denn weerd ji mit Huulen un Tähnklappern jo den Rügg vör em bögen un den Schiet freeten, den ji sülm maakt hebbt. Dorum wahrschoo ik jo, un ik befehl jo, laat aff van jo grood Vermögen, teht dat Hemd van de Boot an över joe böösen Lenden un bekennt joe Sünden. Jedet Raabenaas up de Eer kriggt doch siene Straf, denn de Allmacht van den Herrn lücht in de düüsternen Ritzen van jo Katen un Hüüs.

Vandaagen is dat Fest van dat Licht un de Freude. So freut jo denn över de Armoot un Demoot, wenn jo joen Sack leddig maakt hebbt an den Opferstock un nah Huus gaht as een Deev, de plünnert is, un all sien Grapschen hett nix nützt. Gott is grood. De Herr maakt dat Groode litjet un dat Litje grood, weest waak un klook, gevt de vörlesden Groschen, joe sündhaften Gedanken un wat bi jo so lüstern is, dat leggt aff. Maakt jo free van joen Gietz un laat joe Seelen slank weern un joen Lief fram un good. Gaht in jo, beetert jo, un dat Eeten schall jo in den Hals steeken blieven, wenn jo bi jo Freeten un Supen nich an de himmliche Gerechtigkeit un an dat ewige Strafgericht van Gott denkt.

Nah Johann Jakob Stolz, Theologie-Doktor un Prediger an de Martinskark to Bremen.

Dor paßt een Choral to ut een oold schlesisch Gesangbook. Thomas Mann schrifft dat ok in siene Buddenbroks, dor ward dat sungen. „Ik bin een rechtet Raavenaas, een wahren Sündenkrüppel, de siene Sünde in sik fraß, so as de Russ den Zwippel. Ach, Herr, so nimm mi Hund bi't Ohr, smiet mi den Gnadenknaken vor, un nimm mi Sündenlümmel in dienen Gnadenhimmel".

Wiehnachten in Hannover 1804

To Wiehnachten kriegt de armen Lüüe eenen halven Groschen, dat se wat Besunners eeten un drinken köönt, wat van den Teihnten van de Gemeen afftotehn is. Man giff dat aver eerst nah dat allerchristlichste Vermahnen in de Festkark, un se weerd eerst belehrt över dat goode Hart un dat Erbarmen van de Obrigkeit, de van Gott ingesett is. Dat kriegt ok bloots de, de sik bögen doot, gehorsam sind, sik fögen doot. Wo de Keerl dat versuppt un verhuurt, dor krigg dat de Huusfro; un wenn dat so is, denn ward dat upschreeven, un wenn affreekent ward, denn ward dat extra noteert. De halve Groschen schall an de Kasse van de Obrigkeit in'ne Kark torügg kaamen, wenn de Boot vör den Herrn grood is; un denn schall eene Belobigung in dat Karkenbook indraagen weern. Un dat passeert ok, wenn een Minsch, de in sik geiht, kien Brood hett, wenn he siene Obrigkeit un Gott gefallen deit, un vör siene Oogen wat weert is. Wer den halven Groschen versuppt un för Brantwien utgiff, de schall jo uppassen, dat he van dat allerchristlichste Vörsehn nich verflöökt ward un as eenen gemeenen Veehdeev behandelt ward. He kann ok inspeert weern un doodslaagen weern.

Ut eenen Erlaß van den hannoverschen General von Wallmoden, 1804

Mööt dat so seggt weern?

Mööt dat denn nu jüst *so* seggt weern „Minsch worn dör den Heiligen Geist dör de Jungfro Maria“, um dat Wunner bekannt to maaken van de Leev, de in sik sülm liggt, un dorum ok nich uphört? Socke Sätze ut das Gloovensbekenntnis sind för den modernen Minschen doch wat van achterto, dat is em doch towoller. Mööt'n dat denn glööven, wenn' n Christ weesen will. Kann'n dat nich ok anners maaken? Ik mugg dorup antwoorden: „Maaken“ kann'n dat överhaupt nich. Man mööt also nich allns glööven, um een Christ to weesen. Man is nich dormit Christ, dat'n dit un dat deit, denkt un glöövt. De Wahrheit van dat Gloovensbekenntnis liggt nich in de Sätze van dat Bekenntnis, nee, in Gott sien Apenbarung, un nich dorin, wat'n dor över seggen kann. De Wahrheit is, dat nich wi em, nee, dat he us leev harrt hett. Also dormit ward'n kien Christ, dat'n dat Bekenntnis nahseggt, nee, dormit, dat us Gott siene Apenbarung angeiht, dat'n sik van disse Apenbarung seggen lett, wat se seggt un dat den nahseggt, wat us vörseggt is, mag dat ok noch so bito unbehulpen bi us weesen. Gott siene Apenbarung geiht den modernen Minschen genau so wat an, as den Minschen vör 2000 Jahr un ok den Minschen nah 3000 Jahr. Wat schullen wi Wiehnachten ok woll beeter wat doon, so as de Engels dat deen? De moderne Minsch lett sik denn seggen: Du hest nich bloots leev mit de Leev, de uphört, nee, du warst leevt mit de Leev, de nie nich uphört, de du gornich verdeent hest, un de du ok gornich torügg geben kannst.

Hier giff denn ganz annere Fragen as de langwilige un so kümmerlich geistlos liberale Fraag: mööt'n dat denn all so glööven? Wat heet hier mööt. Man mööt jo gornix. Kien Minsch mööt mööten. Aver man kann viellich nich anners, un denn draff man viellich glööven. Denn hett'n ok kien Vergnögen mehr doran as eene Ansicht gegen eene annere Ansicht to diskuteeren. Denn ward de Minsch ok kritischer gegen sik sülm un fragt sik, off siene Bedenken gegen dat Bekenntnis viellich ut eenen beetern Glooven keemen. Nu is dat so: dat mag de Minsch ut das 2. Jahrhundert oder dat 11. Jahrhundert jüst so swar maakt worn, dat to glööven. Aver kann dat woll anners seggt weern, dat Gott in Jesus Christus Minsch worn is as dat in de Sätze, van use Gloovensbekenntnis seggt is? Un wer dor mit instimmt, de mööt nich, de draff nu, de is denn in de Freeheit, de in de Sätze van usen Glooven alleen sind.

Nah Karl Barth, Enn van de 20-tiger Jahren

De Wiehnachtsgeschichte hören.

De Wiehnachtsgeschichte is dor mit den Engel, de midden unner de Harders roppt: „Weest nich bang! Freut jo veelmehr, un mit jo schall sik dat ganze Volk freuen, denn vandaagen is jo de Heiland geboren, dat is Christus, de Herr, in Davids Stadt.“ De Wiehnachtsgeschichte is dor, un dat heet, de Fraag is dor, off dat nich use eegen Geschichte is. Dor kann’ nich ut sien eegen Vermögen Ja to seggen. Paßt jo up, wat’n deit. Wenn’ dor Ja seggt, dat giff een Snacken van’ christlichen Glooven un christliche Gewißheit, dat dröhnt man so, aver dat wiest bloots, dat de Minsch nich weet, wo hen un her un wat unnen un baven is. Man kann dor bloots Ja to seggen, wenn’ dat weet, dat dor all Ja to seggt is. Gott Gehorsam kann’ dor bloots Ja to seggen.
Dor is aver ok mit seggt, dat’n dor ut eegen Vermögen ok nich Nee to seggen kann, wenn dor all Ja to seggt worn is, un dat all lang’ un immer. Wer Nee seggt, belugg sik sülm un annere ok. Paßt up, heet dat, dat giff eene Sünde gegen den Heiligen Geist, de nich vergeven weern kann. Un man kann sik ok nich beruhigen, wo man doch unruhig weern schull oder sik mit siene Unruhe upspeeln anstatt still to swiegen. De Engel hett spraaken un de Dooven sind de Ohren updaan. Bi Minschen kann dat nicht angahn, aver bi Gott kann allns angahn.

Nah Karl Barth, Enn van de 20-tiger Jahren

Van' Wiehnachtssteern

Disse Geschichte vertellt nich van eenen Wiehnachtssteern an'n Himmel, nä, van de Bloom, de den Naamen „Wiehnachtssteern" dreggt. In de Tied, as de Geschichte passeeren dee, heete de Bloom noch anners, aver nah all dat, wat domals passeert is, hebbt se den Naamen vergeeten.

Bi all dat, wat in'n Himmel to de Geburt van dat Christkind vörbereit' word, druffen de Bloomen jo nich fehlen. Dor keemen jo nich veel Aarten in Frag', denn wecke Bloomen bleuht woll in'n Winter. So weer dor eben bloots de Christrose, de sik fors mellen dee. Un wenn ok de Bloomen anners ganz demötig sind, weern dor kiene annere, de in de Küll in' Winter bit to den Stall van Bethlehem gahn wullen. Mit eene Bloom weern aver de Engel nich tofräen. Wo doch de Herr all Planten un Bloomen maakt harr, weer dat doch för Gott sien Söhn rein to minn wäsen.

Se beraaen sik ganz lange, un funnen denn doch noch dat Sneeglöckchen, de Goosbloom un den Krokus, de mit de Christrose nah Bethlehem gahn wullen, se bleuhden jo sowieso överlang in'n Snee. Mit veer Bloomen aver weern de Baaen van' Himmel immer noch nich tofräen; vörsichtig toogen sik dorum de Rose, de Nelke un de Lilie in de achterste Reeg torügg.

Nu keem dor aver eene Plant mit gröne Blöh her. Se weer woll ganz bescheiden, un meende, se kunn woll noch so veel hermaaken, aver dat weer doch immer noch beeter as gornix. Un se harr doch överlang so ganz litje Bleuhkopp, de gornich upfulln, un so kunn ehr de harde Frost ok woll nix utmaaken. Dormit weern de Engel endlich inverstahn.

So maaken sik de Christrose, dat Sneeglöckchen, de Goosbloom, de Krokus un de Plant mi de grönen Blöh up den Weg nah Bethlehem. Dat weer kold, suur un unheemlich in de düüstere Nacht. De Wind reet an ehre Blöh un wull se sogar wegblaasen. Aver do fung an'n Himmel een Komet an to lüchten; un wenn dat dormit ok nich warm word, so weer sien Licht doch tröstlich. Mit Moot gungen se wieter. Aver je neeger se an den Stall rankeemen, umso mehr Angst um't Hart kreeg de Plant mit de grönen Blöh, wo harr se sik dor bloots up inlaaten. Bloomen, de bleuhen, schulln vör dat Christkind henträen, nich Planten mit gröne Blöh. Immer langsaamer worn ehre Träe. Se dach an de Rose, de Nelke, de Lilie, un wo de bleuhen un rüken deen, un wo se sülm mit kien eenzig Bleuhblatt vör den Herrn bestahn schull.

As se nu endlich bi den Stall ankeemen, treen de Christrose, dat Sneeglöckchen, de Goosbloom un de Krokus vör de Kripp. Dat Christkind harr de Bloomen fors leev, un greep mit siene litjen Hannen dornah.

De Plant aver mit de grönen Blöh stund noch vör de Döör. As de Mudder Gottes ehr wenkde, se schull doch rinkaamen, kreeg se dat so mit Angst un Bangen, dat se zidderte. Se schaamde sik ok so bannig, dat sik ehre Blöh baven ganz rot frarvden, so as wenn wi Minschen eenen roden Kopp kriegt.

Dat Christkind aver smüsterde un streek mit ehre litjen Hannen över de roten Blöh. Do faate de Plant de Leev van dat Kind, un dat de hölpt, de to em kaamt. Se wuß, de roten Blöh harr se an de Stee van de Bleuhkoppen kreegen, de se nich harr – un ehr Hart weer vull van Dank.

Siet de Tied heet de Plant mit de grönen Blöh Wiehnachtssteern. Un jedet Jahr to Wiehnachten krigg de Wiehnachtssteern siene roten Blöh.
Kiekt bloots, wo schön he is.

Ut dat Book van Jutta Fellner-Pickl „Warum der Engel lachen mußte“, Claudius-Verlag München, in't Plattdüütsche överdragen.

Stille Nacht in use Daag

Eene oole Legende vertellt: As de groode un heilige Nacht up de Eer daalkeem, weer dat de düüsterste Nacht, de dat geven harr. De Flüsse hoolden mit ehren Loop up, de Wellen slogen nich mehr an den Strand, de Luft röögde sik nich. De ganze Natur stund still, de heilige Nacht jo nich to stören.

In use Daag passeerde dat, dat de elektrische Strom in de heilige Nacht wegbleev, un de Wellen van de Rundfunkstationen still worden. Dat weer eene großartige Saak, as dat Nacht word in dat Jahrhundert van dat Licht, richdige düüsterne Nacht. De Straatenlampen un de veelen Girlanden lüchten nich mehr, un mit ehr de duusende van künstliche Keersen. De Neonlampen gungen mit ehr künstliche Seelen ut, un as dat all utgung, weer dat mit den Verkehr ut. De Wiehnachtsbööm up all de Plätze un in de Halle van de Bahnhof stunnen ahne Flimmern, so as in'n Busch buten. Daat weer ganz düüster, un doch seegen de Lüü up'n mal, dat dat richdige Bööm weern in eene natürliche Nacht.

De Karkenklocken harrn över de Stadt hen mit ehre Stimmen swungen un to de Fier inladen. Dat weern ganz kostbare Klocken, un de Gemeen weer stolt doröver, se harrn se stifft. Se klungen ut un gungen nich mehr. De Apperatur weer ok krank. Bloots de oole Noodklock, de ut all de Katastrophen över bleeven weer, hung mit een oold Seil in'n Torn. De Karkendeener tast' sik to ehr hen, un ehr slichte Ton wies, dat hier an de Geburt van den Herrn dacht word. Düüster seet de Gemeen in dat Karkenschipp, nums seeg den Pelzmantel un dat nee Kleed van denn annern. Bloots de Keersen up den Altar lüchten. De Orgel bleev stumm. Gesangbööker kunnen nich lesen weern. Kunn dat angahn, mit n'anner antostimmen: Van' Himmel hoch, dor kaam ik her? Wer wuß mehr as bloots de 1. Strophe? Wer kunn singen van dat, wat dor in stund, van de groode Freude singen un seggen? Laat us been: Aver de Gebete in de Agende weern nich to lesen. Schulln nich been, wo dat all um dat Hart weer: Ik stah an diene Krippe hier, o Jesu, du mien Leven? De Karkenchor keek vergeevens up de Noten van de Leeder, de inövt worn weern. Schullen se nich leever eenstimmig singen: Geloovet wees du, Jesu Christ? Un denn de Predigt. Wat nützt dat, wat dor all fein utdacht henschreeven worn weer, wat so schön ankaamen schull? De wunnerbaren Zitate van Luther? Nee, dat weer Nacht, düüstere, heilige Nacht; de Nacht, wo to mi kaamen den grooden Gott sien Fründlichkeit. In disse Nacht biesterden sik de Lüü nah Huus, se holden sik fast, haak'n sik unner. Se hörden tohoop, bloots de Steerns lüchten ehr un wiesen ehr an den Steern van Bethlehem. Ok Tohuus weer dat still un düüster, as dat noch nie nich weesen weer. De Fernsehapparat bleev eene düüstere Röhr, un ut kienen Luutspreeker keem Musik un Vertellen. Se stickten de Keersen van den Christboom an, un kieneen harr se unnerwegens brennen sehn – un nu strahlde he up as een Lichtstrahl, wo dat pickendüüster is. De Kinner fungen an to jubeln, so wat harrn se noch nie nich belevt, un de Oolen dachen an ehre eenfache Jugend torügg, as'n de Keersen up de litjen Wiehnachtsbööm noch tellen kunn. Aver wat schullen se noch maaken? Se kunnen doch nich in'n Sessel sitten un bloots in dat Licht van de Keersen kieken. Stellt doch mal dat Radio an – Och, dor is jo kien Strom. Denn leggt wenigstens eene Schallplatte up – dat geiht jo ok nich! Roopt mal bi Müllers an, wat de maakt – och, dat geiht jo ok nich! Los, Kinner, laat de Isenbahn lopen – de funktioneert ok jo nich! Denn leesd wat vör un maakt de Stahlamp an – de funktioneert ok jo nich! Un so seeten se denn dicht bi'n anner in disse Nacht, wo allens un allns weg weer, wat de heilige Nacht stören kunn. De Keersen brennen daal, de Schatten van de Dannentwiege malden immer gröötere Schatten an de Deek, un se vertelln sik, wo dat fröher weesen weer, as wirklich Wiehnachten weer, ungefehr so as nu. Un de lesde Keers fund mit ehr Licht de Kripp. Dat Kind, wat domals in eene groode Stille legen harr, in deepe düüsterne Nacht, midden in'n koolen Winter, to de halve Nacht.

Nah de Fierdaag melde de Zeitung, dat in de heilige Nacht dör eenen Kortschluß in de Tranformationsstation de Stadt leider ahne Strom weesen weer.

Fackeln nich mehr nödig

In dat Stadtbook van de litje Stadt Oppenheim an' Rhein, wo de Vörschriften för de Raatsherrn, de Stadtdeener un Wächters upschreeven sind, heet dat in'n Utgang van dat 15. Jahrhundert för de Nacht van'n 24. to'n 25. Dezember: „In de heilige Nacht schöllt de Stadtknechten eene Fackel an de Schöneck, eene annere an dat Ganzweidenhuus un eene dridde an Sankt Katharinen Staffel ansticken un uppassen, dat se de ganze Nacht brennt, wenn nich de Heiland so hell schienen de, dat kiene Fackeln nödig weern."

Kaschubisch Wiehnachtsleed

Weerst du, Kindchen, in' Kaschubenlanne,
Weerst du, Kindchen, doch bi us geboren!
Süh, du harrst denn up Heu henlegen,
Weerst up Duunen week henbettet worn.

Ni nich weerst du in den Stall henkaamen,
Dicht an'n Aben stund denn warm dien Bettchen.
De Herr Pastor keem sülm herloopen,
Di un diene Moder to verehren.

Kindchen, wo wi di kleed harrn!
Muß denn eene Schaapfellmütze dreegen,
Blauen Mantel van kaschubischen Dooke,
Mit Pelz futtert un mit Bandschlöpen.

Harrn di den eegen Gurt hergeven,
Rote Schohchen för de litjen Fööte.
Fast un blank mit Nagelchen beslagen!
Kindchen, wo wi di kleed harrn!

Kindchen, wo wi di futtert harrn!
Froh an'n Morgen wittet Brood mit Honnig,
Frische Botter, wunnerweeket Smorfleesch,
Middag Gassengort, geele Soße,

Goosfleesch un Kuttelfleck mit Ingwer,
Fette Wust un golden Eierkoken.
Kroog um Kroog dat starke Beer ut Putzig!
Kindchen, wo wi di futtert harren!

Un wo wi dat Hart di schenken wullen!
Süh, wi weeren alle fraam worden.
Alle Knee schullen sik di bögen,
Alle Fööte Himmelswege gahen.

Ni nich word denn eene Schüüne brennen,
Sonndaags ni nich een bedrunken Schädel blööen,
Weerst du, Kindchen, in'n Kaschubenlanne,
Weerst du, Kindchen, doch bi us geboren.

Nah Werner Bergengruen

De Wiehnachtsmuus

De Wiehnachtsmuus is sunnerbar
(sogar för de Gelehrten)
Denn eenmal bloots in'n ganzen Jahr
Entdeckt man ehre Fährten.

Mit Fallen oder Rottengift
Kann man de Muus nich fangen.
Se is, wat dissen Punkt bedriff
Noch ni nich in't Garn gangen.

Dat ganze Jahr maakt disse Muus
Den Minschen kiene Plage.
Doch up'n mal ut Lock herut
Kruppt se an' Wiehnachtsdaage.

To'n Bispill weer van't Festgebäck,
Dat Mudder good verborgen,
Mit eenen mal dat Beste weg
An'n eersten Wiehnachtsmorgen.

Do sä een jeder rund herut:
Ik hebb dat nich wegnahmen!
Dat weer bestimmt de Wiehnachtsmuus,
De över Nacht is kaamen.

Een anner mal verswund sogar
Dat Marzipan van Peter.
Wat gediegen un to'n Staunen weer,
Denn nums nich fund dat später.

De Christian reep rundherut:
Ik hebb dat nich wegnahmen,
Dat weer bestimmt de Wiehnachtsmuus,
De över Nacht is kaamen.

Een driddet mal verswund an'n Boom
An den de Kungeln hungen,
Een Wienachtsmann ut Eierschuum,
Ok annere leckre Saaken harr een funnen.

De Nelly sä dat rundherut:
Ik hebb dat nich wegnahmen!
Dat weer bestimmt de Wiehnachtsmuus,
De över Nacht is kaamen.

Un Ernst un Jan un de Papa,
De reepen: Wecke Plage!
De bööse Muus is woller dor,
Un jüst an' Fierdaage!

Bloots Mudder sprook kien Klagewoord,
Se sä unumwunnen:
Sind eerst de Sötigkeiten fort,
Is ok de Muus verswunnen!

Un wirklich wahr: De Muus bleev weg,
Sobald de Boom rein leert weer,
Sobald dat lesde Festgebäck
Upeeten un vertehrt weer.

Segg wen nu, bi em in'n Huus
Bi Fränzchen oder Käthen
Dor geev dat kiene Wiehnachtsmuus,
Denn twievel ik een beeten.

Doch segg ik nix, wat wen kränkt,
Dat kunn jo woll so passen!
Wat man van Wiehnachtsmüüse denkt,
Bliff jeden överlaaten.

Nah James Krüss

För alle Kinner frohe Tied

Dat kann gornich utblieven, dat de Nikolaus de Kinner nahdenken lett, wat dor woll minschlich achter steiht, ja, dat kann sogar bit in de Theologie gahn. Dor fragt de litje Schwester ehren Vadder: „Segg, Papa, hett de Nikolaus eegentlich Kinner?" De Vadder swigg, ganz verlegen. Un eder as he sik eene Antwoord torecht leggen kann, kummt aver de groode Broder van de litje Deern ehr to Hülp un seggt: „Toeerst mal möß du weeten, dat' den Nikolaus överhaupt nich giff!" De Schwester geiht dor aver fors gegen an: „Jawoll, dat giff em, un he hett ok Kinner," – „Un woher weest du dat?" – „Miene Freundin hett mi dat seggt." Se hett seggt: „De Nikolaus, dat is mien Vadder."

*

An'n Nikolausdag fragt de jüngste 7-jährige Jung van eenen Professor för Theologie bi't Fröhstück sienen Vadder, werr woll den leeven Gott maakt harr. Dat mag woll för eenen Theologie-Professor nich ganz eenfach weesen, up disse Frag kort un knapp to antwoorden. De Vadder, de fragt word, harr aver de glückliche Idee, sienen Söhn vörtoslahn, he schull doch s'abends den Nikolaus sülm dornah fragen. Un so keem dat denn ok. De Nikolaus – een Theologie-Student – stammelt un wörgt dor wat her achter sienen Bart. Un denn segg he endlich: „Ja mien leeve Jung, ik, de Nikolaus kaam jo van'n Himmel, dor weet nums, wer den leeven Gott maakt hett. Aver de Theologie-Professor up de Eer, de meent jo immer, so wat to weeten. Frag doch mal dienen Vadder dornah!"

*

„Un weest du", fragt de Vadder sienen Jung, „worum in'n Winter de Daag korter weerd?" De litje Jung besinnt sik gornich lang un seggt: „O ja, Papa, dat wi fröher Wiehnachten hebbt!"

*

Ok de Gaven van de Weisen ut'n Morgenland, de as de „Heiligen dree Könige" in kien Krippenspill fehlen drööft, dor köönt sik de Kinner gornich rech wat vörstellen. Bi Gold köönt se sik noch wat denken. Aver dat annere? „Gold, Weihrook un Myrrhen" weern dat weesen, meen de litje Deern ut Hamborg, aver eene ut Süddütschland meende: „Gold, Weißkraut un Mürben". In Bayern aver passeerde dat, dat de Pastor, de Gaven un wat de to bedüüen harrn, ganz genau verklaaren wull. Ganz kostbare Geschenke weern dat Gold un de Myrrhen weesen. De Weihrook aver – do platzde de litje Xaver, de ganz nipp tolustert harr, fors dormit rut: „Natürlich, dat hett in'n Stall ok jo so stunken!"

*

Een Pastor ut Dresden erinnert sik an eene Kinnerkark, de he hoolen de. In de Midde van siene Anspraak harr he eene besunners schöne Wiehnachtskripp stellt, de de Gemeen schunken worn weer. Un so verklaar he de Kinner: „Kiekt mal, Kinner, wecke Freude un wecken Freeden dat Jesus-Kind utströömt! Kiekt mal, de glückstrahlenden Gesichter van Maria, van Josef un de Harders, un nu kiekt jo ok mal de Tiere an: de Schaap stööt sik nich, de Zeegen jagd sik nich un de Kamele slaat nich ut. Worum sind de denn so vull Freeden un verdreegt sik so good?" Do roppt een Jung mit helle Stimm dör de Kark: „De sind jo ut Papp!"

*

Un noch eene Frag un eene Antwoord to Wiehnachten: „Is dat Christkind noch schöner als die Engel?" – „Ja" – „Dor kann aver de leeve Gott van Glück seggen, dat he so'n schönet Kind kreegen hett!"

Nah Gerd Heinz Mohr

Ganz merkwürdige Wiehnachtsgedanken van eenen Minschen van vandaagen

Zauber van Wiehnachten? Och du miene Güte.
Dat kummt bi mi all lang nich in'ne Tüte.
Litje Kinner un ollere Froen
de schöllt sik van mi ut an so wat erbooen.
Christboom? Mientwegen. Hebb gornix dorgegen.
Aver de Kinnerschoh sind uttreen,
freet oder starv! heet dat, dor hölpt kien Been.

Ik hör gornix. In use Ohren
dor tut' Sirenen un rattert Motoren.
Wi sind fliedige Minschen van hüüt,
klaare, normale, vernünftige Lüüd.
Hebbt mit belevt, wo de Eer hett beevt.
Nu is bi us jo jüst Freeden up Eerden,
bit se woller Krieg anfangen weerden.

Gott – ja, den mööt dat woll so oder so geven.
Aver dat is so in dat hüütige Leven:
Man kann em meistens nich richdig entdecken,
aver överlangs muchen sik ok versteeken.
Denn dat is up kienen Fall immer all
hunnertprozentig so as dat weesen muß.
Ja, un wo weer dat, wenn Gott dat nu wuß.

Aver de is jo so grood un so feern.
Staht nich an' Himmel eene Untahl van Steern?
Schull he sik just um us kümmern,
tokieken, wo wi de Klamotten vertrümmern?
He harr woll wenig Freud an us van hüüte!
Wi maakt em nich besunners veel Ehr.
Aver wo, wenn he us doch ganz nahe weer?

Wo, wenn se stimmde, de oole Geschichte,
de van de Harders in' Feld un dat Lichte,
un van dat nu geborene Kind,
dat in de Kripp is in sien' Windl?
Gott nich in' Weltall, nee, in' Veehstall?
Un man kunn all siene Sorgen dor hen setten,
ganz eenfach hengahn un em allns seggen?

Dischler un Bookdrucker, Garner un Lehrer,
Breefdreeger, Beerkutscher un Schosteenkehrer,
Straatenarbeiter un Soloflötisten
Stifte, Gesellen un Bankprokuristen –
Gott weer dor un för jeden ganz nah?
Wenn dat gewiß is, – ji Lüüde, ji Lüüde!
Denn hollt mi kieneen, denn gah ik noch hüüte!

Nah Anna Martina Gottschick.

Hieronymus

De Karkenvadder Hieronymus snackt mit dat Kind in de Kripp. Ik segg: „Ach, Herr Jesus, wo zitterst du, wo hard liggst du, un dat mienetwegen. Wo schall ik dat woller good maaken?“ Un do dünkt mi, as wenn dat Kind antwoord: „Nix will ik van di, leeve Hieronymus, sing du man bloots: Ehre wees Gott in de Hööchde. Dat is all di to Leev. Un ik will för di noch weniger weern in'n Ölgarn un an't Krüüz.“ Ik segg wieter: „Leeve Herr Jesus, ik mööt di wat geven. Ik will di all mien Geld geven.“ Dat Kind antwoord: „Leeve Hieronymus, Himmel un Eer hört mi to, de Vader hett mi allns geven. Ik hebbt nich nödig, giff dat man arme Lüüe, dat will ik denn annehmen, as wen du mi dat geven harrst.“ Ik segg wieter: „Leeve Herr, ik will dat geern doon, aver ik mugg di doch so geern wat geven, ik kunn anners nich leven.“ Dat Kind anwoord: „Leeve Hieronymus, du wullt mi so geern wat geven. Ik will di seggen, wat du mi geven kannst. Giff diene Sünde her, dien böös Geweeten un diene Verdammnis.” Ik segg: „Wat wullt du dormit maaken?“ Dat Jesus-Kind segg: „Ik will dat up miene Schullern nehmen, dat schall miene Herrschaft un herrliche Daat ween, so as Jesaja dat all schreeven hett, dat ik diene Sünde dreegen un wegdreegen will.“ Do fang ik an, bitterlich to weenen un segg: „Leevet, leevet Kind, wo hest du mi dat Hart röhrt. Ik dach, du wullst dat Goode van mi hebben, nu wullt du allns, wat böös is bi mi hebben. Nimm hen, wat mien is, giff mi, wat dien is. Denn bin ik de Sünde los un krieg dat ewige Leven.“

De Tiere över Wiehnachten

De Tiere diskuteerden mal över Wiehnachten. Se kreegen sik dorbi in'ne Plünnen, wat woll de Hauptsaak van Wiehnachten weer.

„Na klaar, de Goosbraaen", sä de Voss, „wat weer Wiehnachten ahn Goosbraaen!"

„Snee", sä de Isbaar, „veel Snee!" un he weer rein weg, „witte Wiehnachten!"

Dat Reh sä: „Ik bruuk aver'n Boom, eenen Dannboom, anners kann ik nich Wiehnachten fiern".

„Aver nich so veel Keersen", huul de Uhl: „fein schummerig un vull Gemööt mööt dat ween, Stimmung is de Hauptsaak".

„Aver mien neet Kleed mööt'n sehn köönen", sä de Pfau, „wenn ik kien neet Kleed krieg, is dat för mi kien Wiehnachten."

„Un Smuck!" schree de Elster, „jeden Wiehnachten krieg ik wat, een Ring, een Armband, eene Brosche oder eene Kee, dat is för mi dat allerschönste an Wiehnachten."

„Na, aver bitte den Stollen nich vergeeten", brummde de Baar, „dat is doch de Hauptsaak, wenn dat den nich giff, un all de sööten Saaken, denn will ik nix van Wiehnachten weeten."

„Maak dat so as ik", sä de Dachs. „Slaapen, slaapen, dat is dat wahre Wiehnachten. Wiehnachten heet för mi: mal so richdig utslaapen."

„Un suupen," sä de Oss dorto", „mal richdig eenen suupen un slaapen".- Aver denn schree he „Aua", denn de

Esel harr em gewaltig treen: „Du Oss, denkst du denn nich an dat Kind?“ Ganz verschaamt duuk sik de Oss un sä: „Dat Kind, ja, dat Kind, dat is doch de Hauptsaak.“ – „Un weest du wat“, fragde he denn den Esel: „Weet dat de Minschen överhaupt?“

Wenn ik de Wirtsmann weesen weer ...!

Wenn ik dat wußt harr, domals, as de beiden Frömden an miene Döör kloppen deen; also, wenn ik wußt harr, wat ut de Geschichte ward – de beste Kaamer harr ik ehr anbaaen. Mit eegene Hand harr ik de beiden rupbrocht, un för de Fro dor, weer mi nix to good weesen. Eene Maagd harr ik för ehr freestellt, dat se ehr in de swaare Stunn' bistund. Un för dat Kind, nu, wo ik alls weet, weer mi dat beste jüst good genog weesen. De schön anmalte Kinnerweeg van'n Böhnen, een kostbar oold Arvstück, all siet 100 Jahr in use Familie, de harr ik runnerhaalt. Dor harr dat Kind ganz anners in utsehn as in de Peerkripp dor in'n Stall. Also, wenn ik wußt harr, dat ...

Aver nu seggen Se doch sülm, is dat denn ok eene Aart, so uptotreen? Man mööt'n doch weeten, wo man dor anto is, mit Gott un de Welt. Dat mööt doch allns siene Ordnung hebben. Wo ik mit de Welt anto bin, dat weet ik woll, dor kenn ik mi ut. Un bit nu hebb ik ok meent, dat ik Bescheed weet, wo dat mit Gott is: He is ganz baven, un wi sind ganz unnen. He is dor, wo allns klaar un seeker un herrschaftlich is un so togeiht, dat de Minsch bloots up de Knee gahn kann, wenn he dat mit Gott to kriegen hett.

Un nu? Ja, wer harr dat ok dacht, dat mit Gott un us mit so eene Geschichte wat in'n Gang kummt un allns dörnanner kummt. Wo kaamt wi denn hen, wenn allns dörnanner brocht ward? Vandaagen kann ik bloots noch den Kopp schüddeln, wenn ik doran torügg denk. Staht de twee dor, de Fro hoch in annern Umstänn', dat segg ik doch up den eersten Blick: Laat di dor jo nich up in, dach ik mi, dat giff bloots Upregen. Un jüst dat kannst du, wo dat ganze Huus vull is, nich bruuken. Wenn se doch wenigstens wat Besunners an sik hard harrn, viellich so'ne Aart, de mi wiest harr: Paß up, mit de beiden hett dat wat up sik! – Denn dat hebb ik lehrt, mit hooge Herrschaften umgahn. Aver so? Wat meent Se, wat Se maakt harrn, wenn Se de Wirtsmann weesen weern?
Aver nu bin ik in de Geschichte rinkaamen un stah för all Jahrhunderte dor as een swaart Schaap. Un ik weer doch ok so geern wen, de sik seggt: Wenn de kummt, maak ik allns aapen! Aver warum keem he ok so?

Nah Johannes Kuhn

Wiehnachten up de Landstraat

Dat dat so kaamen weer, dat weer alleen Jacob sin'ne Schuld. Wenn he vergrellt word, denn maak he de unmöglichsten Saaken. Naher weer he meistens ok woller ganz freundlich, un dat dee em allns düchdig leed. Ditmal weer he vergrellt up Oma, wat siene Sweegermudder weer. Jacob weer mit siene Fro Gertrud in Oma's Huus trucken, se schull nich mehr so ganz alleen wahnen. Domals as Opa vör'n dreeviddel Jahr dood bleeven weer, harr se sik doch'n beeten eensam föhlt un kiene Lust mehr hard, wieter to leven. Dorum weern se denn ok jo tosaamen trucken: Oma, Jacob, Gertrud un de beiden Jungs, Manni – dat weer Manfred – un Hannes, de Jüngste. Jacob sä denn: „Oma wahnt bi us". Aver Oma holl dorgegen: „Ji wahnt bi mi!" Jacob keem denn dull in brass, wenn Oma dat so sä. Un Gertrud muß em faaken stüürn: „Laat se snacken, un arger di nich".

Un nu an'n Vörmiddag van Heiligabend knister dat woller twischen Jacob un Oma. Jacob harr den Dannenboom all up'n Foot sett un hung de eersten Kugeln an de Tacken, as Oma in de Döör rinkeem. „Worum steiht de Boom denn hier fors achter de Döör?" „Wo schall he denn anners stahn?" fraag Jacob. „De hett immer dor links an't Fenster stahn", meen Oma: „Na, un?" sä Jacob, „nu steiht he hier". „Solang' as ji bi mi wahnt, schall de Dannenboom dor stahn, wo he immer stahn hett, links van't Fenster", segg Oma. Un dormit weer de schönste Stried in'ne Gang'. Een Woord geef dat anner, un as Gertrud dor nu ok noch twischen keem, weerd all dörnanner. Jacob word vergrellt, reet de Kugeln van'n Boom un smeet se in de Kartons torügg, heel oder twei, dat weer em egal „Wat wullt du nu denn?“ froog Gertrud. „Weg, weg van hier. Weg van hier. Pack de Geschenke in, Slickereen, Bedden, Tähnbossen un wat anners noch nödig is. Wi fiert Wiehnachten woanners. Annerwegens, wo'n sik nich to argeern bruck, un wo'n den Boom upstelln kann, wo'n will!“

Jacob nehm den Boom un leep dormit nah buten un bunn em up dat Autodack fast. Hanni, de buten speelen dee, word neeschierig: „Wat maakst du denn?“ „Wi verreist, un wi fiert unnerwegens, de Dannenboom mööt mit!“ „Hurra“ segg Manni, „Papa weet doch immer noch ganz wat Nees!“ Jacob weer all woller in'n Huus rinloopen un haal noch annere Saaken. As he woller rutkeem, leep Oma achter em an: „Aver Jacob, so weer dat doch nich meent!“ För Jacob weer dat aver doch so meent, un he schubbs Oma eenfach bisied. „Jacob, meenst du dat denn wirklich?“ fraag nu Gertrud. Man de Fraag harr se sik spaaren kunnt. Se segg jo, wat he all all up dat Autodack fastbunnen harr, un wat Jacob dor all heertaagt harr. Se kunn nu man bloots noch uppassen, dat de Geschenke för de Kinner mitkeemen, un ok'n beeten Unnertüüg un Kleedung för dat Nöödigste. Un ok Oma harr sik mit dissen Utgang woll all affunnen. Se broch noch'n Thermoskann mit heeten Tee an't Auto. Gertrud trook deJungs, Manni un Hannes, noch warm Tüüg an un aff gung de Reis.

Jacob föhr in siene Wuut veel to gau. In de Kurven stooven de Kinner, de, wenn ok anschnallt, man so up de Achterbank van eene Eck in de anner: „Nu föhr doch sinnig, anners stieg ik ut", wahrschau em Gertrud. „Nee, Papa, man wieter so" segg Manni, un harr siene Freud doran, wenn Papa mit „Düt-Düt" de annern Autos recht ran drieven dee. „Wo föhrt wi denn hen?" fraag Gertrud. „Nah Tante Luise. Du schallst sehn, dor sind wi beeter togang as bi diene Mudder!" Dat weer Gertrud nu aver doch'n beeten schanneerlich. Eenfach so ahne antomelln bi Tante Luise ankaamen, un dat mit veer Lüüe. – Nah'n goode twee Stunnen weern se in de Stadt, wo Tante Luise wahnen dee. Se föhrn vör das Huus un Jacob steeg ut un klingel. He klingel eenmal, he klingel tweemal, he klingel dreemal. Nix röög sik! Bi de Wahnung gegenan gung dat Fenster aapen. „Dor is nums in'n Huus, Fro Schreiber is verreist, se wull Wienachten nicht so alleen weesen. Wenn se dat wußt harr, dat Besöök keem, denn weer se seeker dorbleeven!" „Is all good", segg Jacob, „besten Dank ok un'n frohet Fest!"

He leet dat Auto woller an un wieter gung de Fahrt. „Wo föhrt wi denn nu hen?" fraag Gertrud. Jacob besunn sik up sienen oolen Schoolfründ, de wahnde ok in disse Stadt. Dat weern'n ganz Lustigen. Dor keemen se Wiehnachten seeker to paß. De Freund weer woll in'n Huus, aver ganz lustig keem em disse Överfall jüst nich vör. He harr dor sogar wat mit to doon, sik up Jacob to besinnen. Anstandshalven nöödigde he de Familie aver doch in sien Huus rin, un för jeden Fall full dor ok noch'n Teller Kartuffelsopp aff, weer överbleeven van

Middag. „Ji hebbt woll noch seeker een lange Fahrt vör jo“, meende denn Jacob sien Freund. „Denn willt wi jo ok nich länger uphooln. Vandaagen hett jo jeder genoog mit sik sülven to doon. Dat weer moi, dat ji us mal kort besocht hebbt“. – Ja, un nu troo Jacob sik all gornich mehr, anners wat to seggen. Se klattern woller in’t Auto rin, un denn gungt wieter. De Fründ stund noch mit siene Fro vör’n Huus un wenkde ehr nah.

Nich wiet van dor harr Jacob n’ Vetter wahnen. De harr Fro un dree Kinner un’n grooden Buurnhoff mit veel Platz. Fröher weern se dor faaken up Besöök weesen, bit, ja, bit Jacob sik mit sienen Vetter, de jüst so gau vergrellt weern kunn, düchtig vertöörnt harr. Gertrud meen aver, wenn se nu all jüsst hier weern, denn weer dat viellich eene goode Gelegenheit sich woller to verdreegen. Jacob troo den Kraam nich so rech un leet leever Gertrud bi sienen Vedder ankloppen. Se keem aver fors woller an’t Auto torügg un geev Bescheed, se schulln fors wieterföhren. „Wo dat“, segg Jacob, „is he immer noch vergrellt up un?“ „Dat nich“, segg Gertrud, „man all dree Kinner hebbt Mumps, un du weest jo, dat hebbt use Kinner noch nich harrd.“
Nu geev dat bloots noch eens: in’n Gasthuus övernachten. Doch se harrn kien Glück. Entweder dat weer slaaten oder de Rüüme weern all beleggt. Un nu fungen ok noch de Kinner an to queesen. „Ik hebb Hunger“ segg Manni. „Wenneer giff dat denn Geschenke“, wull Hannes weeten. „Wenn wi dor sind“, segg Gertrud, un wuß sülm nich, wat se dormit meent harr. „Wenn wi wo dor sind“, wull Manni nu weeten. Aver dor wuß Jacob, de

all de ganze Tied nix seggt harr, Antwoord up: „Wi dreiht um un föhrt nah Huus!“

Se weern in de Wiehnachtsnacht woll bold ganz alleen up de Landstraat. Nums begegen ehr, un Hannes un Manni sleepen deep up de Achterbank. Nah’n goode Stunn holln se up’n Parkplatz an un Gertrud schunk ut de Thermoskann heeten Tee in. „Good, dat du dor an dacht hest“, segg Jacob. „Du bist good“, segg Gertrud. „Oma hett dor an dacht!“ För Jacob weer dat nu woll beeter, wenn se sweeg. Nah ungefeer twee Stunn weern se woller in’n Huus. Kien Lech brenn mehr. Dat weer jo ok all halv-twölv in de Nacht worn. Gerdrud un Jacob nehmen de beiden Kinner un brochen ehr in’t Bedd. Se waaken noch nich mal up.

Annern Morgen, as noch allns slaapen dee, hool Jacob de Dannenboom rin, sett em woller up’n Foot un stell em achter de Döör in de Eck. As he den Boom half bunt maakt harr, nehm he em, un trook em links nah’t Fenster ran.

Gertrud pack de Geschenke unner den Boom un Manni reep vull Freude: „Nu fiert wi Wiehnachten!“ „Nee, noch nich“, segg Jacob. „Oma fehlt noch“. Jacob gung nah Omas Kaamer, klopp an, un Oma keem rut. He nehm Oma in’n Arm, drück ehr düchtig un wünsch „Fröhliche Wiehnachten!“

As Oma in de Stuuv rinkeem, meen se: „Ik freu mi, dat ji woller dor sind. Ik wahn doch jo so geern bi jo! un kiek, dor is jo de Dannenboom. Wat denn, ik meen, de harr hier achter de Döör jo ok moi stahn!“ „Aver Oma!“ segg Gertrud. Un Jacob dreih sik still um. Vergrellt weern wull he doch nich woller.

De Utlänner treckt ut

Dat weer eenmal, dree Daag vör Wiehnachten, laat abends. Över den Marktplatz van de litje Stadt keemen n'paar Mannslüüe. Se bleeven an de Kark stahn un spröhden up de Müüer „Utlänner rut" un „Düütschland de Düütschen". Steenen flogen in dat Fenster van den türkischen Laden gegenöver van de Kark. Denn trook de Horde aff. Dat weer gespenstisch still. De Gardinen an de Börgerhüüs weern gau woller tofullen. Nums harrd sehn.

„Los, kaamt, dat is genog, wi gaht". „Wo denkst du hen! Wat willt wi dor unnen in'n Süden?" „Dor unnen? dat is doch immer noch use Heimat. Hier ward dat immer slimmer. Wi doot, wat an de Wand steiht, Utlänner rut!" Un so keem dat, midden in de Nacht keem wat in'ne Gang in de litje Stadt. De Döören van de Geschäfte sprungen up. Toeerst kemen de Kakao-Päckchen, de Schokolade un Pralinen in ehre Wiehnachtsverkleedung. Se wullen nah Ghana un Westafrika, denn dor weern se tohuus. Denn de Kaffee, palettenwies, wat de Düütschen am leevsten drinkt; Uganda, Kenia, Latinamerika weer siene Heimat. Ananas un Bananen keemen ut ehre Kisten, ok de Druuven un Eerbeeren ut Südafrika. Ungefehr all Wiehnachtsslickereen trucken ut, Peepernööt, Spekulatius un Zimtsteerns, de Gewürze, de dor in weern, toog dat nah Indien. De Dresdner Christstollen holl eers an sik. Man seeg Traanen in siene Rosinen-

oogen, as he togeeven muß: Mischlinge as mi geiht dat besunners an'n Kragen. Mit em keem dat Lübecker Marzipan un de Nürnberger Leebkooken.
Nich Qualität, nee, wo se herkeemen, dat tellde nu. Dat word all Morgen, as de Snittbloomen nah Kolumbien afftrooken un de Pelzmäntel mit Gold un Edelsteenen in düüre Chartermaschinen in alle Welt afflogen. De Verkehr brook an dissen Dag tohoop. Lange Slangen van japanische Autos, vullstoppt mit Optik un Elektonik kroopen nah Osten. An'n Himmel seeg man Wiehnachtsgöös nah Polen fleegen. Mit grooden Larm lööste sik dat tropische Holt ut de Fensterrahmen un floog in't Amazonasbecken. Man muß sik all vörsehn, dat'n nich utrutschen dee, denn van överall heer quull Öl un Benzin rut, un gung aff nah'n nahen Osten.

Nah dree Daag weer de Spuuk vörbi. Nix van' Utland weer mehr in'n Lann. Dannenbööm geevt noch, ok Appels un Nööt. Un „Stille Nacht" druff noch sungen weern, aver bloots mit Utnahmegenehmigung – dat keem jo doch ut Österrik.
Bloots Maria un Joseph un dat Kind bleeven, dree Juden. „Wi blievt", segg Maria. „Wer will ehr anners woll den Weg to de Vernunft un to de Minschlichkeit wiesen".

Nah Helmut Wöllenstein

Dat Wiehnachtswunner

Dat is de 24. Dezember 1647. Twee Mann to Perd ried över dat wiite Land. Jörg, de Korporal sitt as'n Ries up sien Perd, he hett'n blonden Bart, is breed un stark. Pazek, de litjer is, sitt nah ungarische Aart mit krumme Kneen up sien klapperig swart Perd, sien swarte Bart weiht em bit achter de Ohren, un siene litjen listigen Oogen gaht flink in de Runde. De Weibel hett se beide to'n Sööken schickt; den Korporal, he kennt dat Land so as siene Tasch, un he versteiht ok dat vertrackte Platt, wat de Buuren snackt, so as sine Moderspraak, un den Pazek, de hett de findigsten Oogen un is de listigste Keerl in den ganzen Trupp. De Weibel wuß woll: Een ganz Fähnlein schull noch unnerbrocht weern to't nee Jahr, is em befohlen worn. Nich so eng, dat se sik nich upfreet, un nich so wiet, dat se ganz un gor ut de Tucht kaamt. Also söökt, ji beide, söökt an dissen heiligen Dag, wo in dat wilde Moor oder in'n dichten Busch noch'n paar Kaaten heel bleeven sind, Landsknecht un Peer vör Küll un Hunger to bargen.

Stundenlang ried se gegenanner her. Överlang ridd de Korporal van'n Weg aff an'ne Sied in'n Busch, de dor so enkelt liggen doot: Denn funkelt Pazeks Oogen, un siene Hand grippt nah de Pistol, he weet, de Buuren versteekt ehre Kaaten in socke Büsch. Aver kien Schreen un kien Bleeken van Hunnen höört se, n'paar mal kiekt verköhlte Balken ut'n Snee – dat is't all. Anners nix – kiene Wagenspoor, de wat verraaen kunn, kien Rook, de upstigg – nix. De Düüvel hool dit Land. Pazek flöökt, hönsch verstreckt de Korporal siene Lippen. Se sind affsteegen, gahn up'n Rest van eene Müüer sitten un eet ut ehre Snappsäcke. Pazek kriggt'n Buddel rut, drinkt, so dat de anner dat sütt un packt den Buddel woller weg. So, nun kann he beedeln. Aver de beedeld nich, sütt em bloots an, koold und hönsch, un ett ahne een Woord to seggen. Dat hollt Pazek nich ut, he is kien Unminsch, nee, aver kann een Minsch nich wenigstens wat seggen. He drinkt woller un hollt den Korporal vergrellt den Buddel hen. De nimmt em, drinkt em half ut un schufft em en de eegene Tasch. Pazek weet nich, wat he seggen schall, he will togriepen, aveer he deit' nich. He kann den Buddel behoolen, good, aver he schall em to eenen Hoff henbringen, wo wat to haalen is. Dat schall he, ja, un he segg em dat. So gott-verlaaten is kien Land, dat nich wat to finnen weer, wenn se den ganzen Dag ried. Jörg vertreckt bloots de Schullern. Denn stiegt se woller up.

Eenen halven Dag lang sind se reen, aver Pazek will noch nich nah Huus. He hett sik dat in'n Kopp sett, vandaagen an'n Christdag weerd em de leeven Heiligen noch wat tokaamen laaten. He stüürt den Korporal dor rut, wieter nah Norden. De krüüst de Steern – dor rut harr he nie nich wullt; aver Pazek giff nich nah. So ried se denn nah Norden.

Un kiek, eben sind se dör'n smaalen Busch kaamen, do stött Pazek eenen Schree ut un wiest wied weg: Wied gunnt kickt de stumpe Spitz van eene Kark över de Bööm: Een Dorp! De Korporal nimmt sien Perd kort an'n Tögel, kickt röver un segg nix. Sien Gesicht is as'n Steen, hart, un bewegt sik nich. Aver Pazek lacht un flöökt dörnanner: Wieter, wieter! De Korporal schüddelt den Kopp un blifft. „Wat?“ schreet Pazek vergrellt, „schöllt annere de eersten weesen, morgen, wi nich?“ Do kickt de Korporal em mit eenen böösen Blick an un richt sik hoch up in'n Saadel. „Hool diene Snuut“, segg he, „un riee scharp achter mi an!“ Denn lenkt he sien Perd vörsichtig ut den Busch in dat deepe eben Land rin. Aver he ridd nich liekut, he sütt scharp nah de enkelten Kiefern, de krumm un verbaagen hier un dor ut den Snee rutkiekt, kickt immer dorhen wo't beeten hööger is, ridd bold links, bold rechts un maakt eene verdüüvelt krumme Spoor. Dat ward Pazek to dumm. Worum jaagd se nich liek dör nah den Karktorn röver? He giff sien Perd de Spooren, he will gegen den annern kaamen; aver jüst maakt de Swarte eenen Satz nah de Sied, do breckt dat unner siene Hoof as dünn't Is, un in'n Nu is he bit an den Buuk versackt. Mit Möh un Nood kummt Pazek ut den Saadel un ridd, un sackt sülm bit an de Knee weg, sien Perd torügg, bit dat mit Snuuven un Hachpachen woller fasten Bodden unner de Fööt kriggt. „Verdammt noch mal, kunnst du nich seggen, wat los is?“ schreet he den Korporal an. Aver de lacht bloots: „Hebb ik di nich seggt, du schullst scharp achter mi blieven?“

De Korporal ridd, ahn sik um den annern to kümmern, sienen Weg still bold liekut, bold so scharp nah de Sied, dat se den Karktorn ungefehr achter sik hebbt, un Pazek vör Ungeduld bold vertwieveln will. Aver endlich stiggt de Bodden n'beeten an, de Korporal wenkt Pazek an siene Sied un sett sien Perd in'n Draff. Se hebbt woller eenen fasten Weg unner sik – Pazek spöört dat mit Lust un Freude – se draavt flink vorwärts. Un dor, de grauen Müüren linkerhand, dat is de Kark.

Se springt ut'n Saadel un treckt de dampenden Peer achter sik an. De Döör to de Sakristei an de Achtersied, wo se vör staht, hangt half verfuult in de Angeln, een warmen un scharpen Dunst sleit ehr entgegen, un de Peer schooet hard torügg. „Tööv", seggt Jörg, ridd de Pistol ut'n Saadel un geiht rin. Twee grööne Lichter funkelt em ut'n Düüstern tomööt, een heesert Knurren droht. He heevt de Pistol un drückt aff, aver de Steen is woll natt van'n Snee, se geiht nich. He hett noch jüst eben Tied, een swar Stück Holt ut de Döör to rieten, do fluggt een grauen Schatten to de vergitterten Fenster rup, bliff twischen de isern Stangen hangen, kratzt un huult up; Jörg sleit blindlings to un droppt mit vulle Wucht. Dat is'n Wulf, grood un mager, de roode Tung hangt em lang ut' Muul.

Hier weer nu Platz för de Peer, warm un dröög is dat hier binnen, aver se schoot wild vör den Geruch van dat wilde Tier torügg. Do bringt Jörg se nah vorn in den Torn. Schiet un Dreck liggt dor rum, naakt un kahl steiht de Altar, de snitzde Kanzel hangt scheef vornöver.

Pazek kickt de Pistol nah un steckt se in den Gürtel. Wo eene Kark is, dor sind ok Hüüs, he ivert all nah eenen gooden Fund, aver de Korporal hett dat anners in'n

Sinn, he will alleen gahn un Pazek schall hierblieven. Wenn Minschen in'n Dorp sind, un een hett se sehn un haalt ehr de Peer weg, daat weer'n slechten Spaß. Viellich weer ok de Wulf nich alleen? Kort un good – Pazek mööt hierblieven, wenigsten solang', bit de Peer freeten un sik verhaalt hebbt. Pazek föögt sik böös un flöökt. Haal de Düüvel dissen verwünschten Ridd, wenn dor nix bi rutspringen schall. He kratzt sik den Schiet van de Beenen un wickelt sik in sienen Mantel.

Ok Jörg sleit sienen Mantel um – een kostbar Stück, dat he eenen kroatischen Oberst affnahmen hett, ut blauen Stoff, riek mit Silver bestickt un warm füttert – un maakt sik up denn Weg. He hett nich wiet to gahn. Hier kennt he jeden Tree, un nah'n paar Minuten steiht he up eenen freen Platz in eenen Eekenbusch. Müürn ut Lehm sind infullen un'n paar Balken un Steen, dat is't all, wat van sienen Ollerhoff överbleev. Man so eben kann he unnern Snee de Stee finnen, wo dat Herdfüür brennt hett, wo siene Moder em up ehre Kneen weegt hett.

He hett de Kaiserlichen Rache sworen un hett se hoolen; eers as Peerknecht, denn as Landsknecht, un endlich as Korporal. Wat harr he hierblieven schullt un sik doodschinden laaten? Dör eene aapen Stee in'n Wall kummt'n to de Naverhüüs. He geiht den Weg nah, de över Grasland to den nächsten Busch föhrt, sütt mit Hartkloppen up'n mal Footspooren in'n Snee, un dor – dor steiht een Huus, dat Strohdack geiht bit up de Eer, de groode runde Döör is slaaten, heel, fehlt nix an. He kloppt un roppt, nix röhrt sik, he drückt mit de Schuller, bit de holten Klink breckt, he geiht rin. Binnen is dat so düüster, dat he de Döör wiet aapen stööten mööt, dat he wat sehn kann. Ja, hier levt noch Minschen, dat spöört he. Reschupp steiht un liggt dor rum, frischen Meß liggt in'n Veehstall an de Daal, een swarten Keedel hangt över de Asch van de Füürstee.

Jörg weet, dat'n paar Minuten wieter noch annere Hüüs weern, un geiht dor hen. Twee van ehr sind wööste Hoopen, avern'n paar staht noch, is nums in, sind verslaaten, un ut all loopt frische Spooren van Minsch un Tier in den Busch. Platz genog för een ganz Fähnlein; de Weibel ward sik freun över de Nahricht.

Schall he noch wieter sööken? He weet genog un will all gahn. Do blifft he ganz bestött stahn – stiggt nich'n dünnen Rook ut de lesde Kaat? Em kloppt dat Hart: bloots eenen eenzigen Minschen sehn ut de fröhere Tied, eenen eenzigen fragen köönen, levt de oder de.
He is all an de Döör un weet up'n mal woller: hier is he as halvwassen Jung in'n Düüstern rumsleeken un hett töövt, bit de Margret rut keem. Levt se denn noch? He kloppt un schüddelt, he glöövt een Pultern to hören un kloppt woller, aver nums maakt aapen. Do breckt de soore Klink mit sienen Druck, de Döör fluggt up, un he geiht rin. De Daal is leddig, aver een Füür glimmt up den Heerd, de Rook bitt in siene Oogen. Hier mööt Minschen weesen, Minschen! Met drömmsche Seekerheit geiht he over de düüstere Daal un maakt linkst an de Herdwand eene Döör aapen. Do verjagd he sik, dat em de Knee zittert.

Up eenen Schoov Stroh up'n Bodden ligg eene Fro, mager, blaß, mit unnatürlich groode Oogen, de em vull Angst ankiekt. Ehr geel Haar hangt över de Schullern, beide Hannen hett se um een Bündel leggt, dat ehr an de Bost liggt. Een ganz litjen Kopp kickt dor rut. Dat litje Fenster is tweibraaken un mit Lumpen verstoppt. Unner de siede Deek glimmt eene Ölfunzel. De Ruum is vull van Rook un de Schien kann dor bloots ganz swack dör. He sütt de Fro an, se is noch nich oold: he reekent nah, so oold kunn de Margret nu ween. Margret, se hett datsülve Haar, bloots ehr Gesicht weer rund un rood, un dit is infulln un haager. Un doch ...

„Margret“, seggt he sinnig. Se giff kiene Antwoord, he sütt, se hett Angst. Do geiht he dichter an ehr ran. Se lett de Oogen nich van sien Gesicht, ehre dünnen Finger krampt sik um dat Kind, se hett groode Angst. He sütt, wo se unner de dünnen Lappen zittert. Den Düüvel noch, se bruckt doch kiene Angst to hebben, he deit ehr doch nix! Dat is hunnekold hier .. se muß beeter todeckt weern. „Frust di?“ fragt he. Se antwoord nich, ehre Oogen hangt an siene, se bewegt sik nich, as een Tier, wat sik nich to hölpen weet, ligg se dor, stumm un vull Angst.

Freeren schall se nich. He socht wat, wat he ehr överdecken kunn, kien Fetzen, naakt un kahl is de Ruum, de grauen Lehmmüüren glitzert fuchtig.
Do lööst he sienen Mantel, den blauen Kroatenmantel mit de silverne Kant un dat warme weeke Futter, un leggt dat vörsichtig över Mudder un Kind. De warmt.

„So – so“, segg he dorbi. Denn richd he sik gau up un geiht ahne een Word rut...
„Nu?“, fragt Pazek ungeduldig luuernd, as he trüggkummt. De Korporal wenkt aff: „Schnall up, maak to, dat wi ried!“ „Wat? Nix funnen?“ schreet Pazek em an. Jörg sütt em fast in't Gesicht: „Nee, nix“. Worum lugg he denn? He weet sülm nich. Aver Pazek schall nich – nee, he schall de Fro nich sehn.
Pazek flöökt. „Den Buddel!“ segg he giftig. Jörg giff em den, he sülm drinkt nich. Pazek drinkt den Buddel in een Togg ut un smitt em gegen de Wand, denn fangt he mit stief fraaren Fingers an to schnallen.

As he dorbi togang' is, kickt Jörg um sik to un in den Torn hoch. Dor hangt noch de Klock twischen de eeken Balken, de verschimmelt sind, aver heel un ganz. Bloots dat Seil fehlt, dat mag lang' verfuult weesen. Um disse Tied, wenn't düüster weern wull, fallt em in, harr se immer lüüed. Off se vandaagen noch klingen dee? He nimmt twee Tau van den Saadel van sien Perd, knütt se an'n anner un stiggt de Trepp rup. Unnen is se in de Wand van den Torn inmüüert un noch eenigermaaten in'ne Reeg, aver in dat högere Stockwark mööt he all an een Balken hochklattern. To'n Glück hangt de Klock nich allto hoch, de ganze Torn kickt jo man so eben över de Rööm weg. Dor is all de Toggbalken dicht över em. He maakt eene Schlööp un smitt dat Tau henöver – dat sitt. Denn treckt he, eers vörsichtig – viellich is dat Holt verfuult un dat sware Metall störrt daal – aver nee, de eeken Balken hoolt, de Klock fangt anto swingen. Dree-, veermal, do beröhrt de Klöppen de Klock, un dat gifft eenen Klang, dat de Peer sik verjaagd un sik an'n anner drängt. „Wat schall dat?“ schreet Pazek böös herup. „Is Christabend vandaagen“, roppt Jörg un treckt wieter. Nu weegt de Klock mit gewaltigen Swung hen un her, dat hallt un dröhnt in de enge Wölbung van den Torn, dat summt un brummt: bumm – bumm – bumm – bumm. Dat ganze Müürwark zittert. Jörg freut sik as'n Kind över den Klang. „Höör up!“ brüllt Pazek, aver Jörg höört em nich. He treckt un treckt. Bit he tolesd kienen Atem mehr kriggt un uphöören mööt. Langsam swingt de Klock ut, he lustert up den lesden zitternden Ton, denn lööst he dat Tau un kladdert nah unnen. „Wenn wi noch nah Huus willt, ward Tied“ brummt Pazek argerlich. Jörg swingt sik in den Saadel un ridd weg ahne een Woord to seggen.

Eene oole Chronik schrifft: „Is ok een Wunner passeert in dit bööse Jahr 47, wat sik merkwürdig begeben hett in use Dorp. Dat hett heeten, dat'n grooden Hoopen Landsknecht rankeem mit Sengen un Morden, wi all sind flücht mit Fro, Kind un Veeh in den wilden Busch, un bleef bloots de junge Buur Kofel mit siene Fro, de just een Kind to Welt brocht harr, un noch nich woller upstahn kunn. Hett dat an'n Heiligen Abend an siene Döör kloppt, he in Angst sik verkraapen, in' n Glooven, de Landsknecht weern dor, is aver de heilig Michael in de Döör tree-en, mit eenen blauen Mantel un golden Haar. Is to siene Fro gahn un ehren Naamen nömmt, ok in Leev to ehr spraaken, se aver in groode Angst nich den Mund aapen maaken kunn. Hett de heilig Michael se mit sienen Mantel todeckt un is verswunnen as een

Rook, un do de Klock in'n Torn anfungen to lüüen, so wi all mit use eegen Ohren höört hebbt. Hett aver nums in dat Dorp kaamen stilken, bloots dör dat Moor, wat kien Frömden nich weet. Ok kien Tau an de Klock hungen, un een grooden Wulf, so in de Kark in de Nacht slaapen, fors dood is weesen ahn alle Wunnen. Dorum wi us all verwunnert un wullen dat nich glööven, hett aver de Fro den Mantel wiesen köönen, himmelblau dat Dook, un veel frömde Teeken in Silver dorin stickt. Weer us all dat een Trost un hebbt hööpt, Gott wull nu bold sien Oog woller aapen maaken över dat arme Land un all sien Elend un Kummer wennen. Amen."

Dor unner aver steiht: „Un hebbt nah lange Tied woller anfungen to ackern un Kark hoolen, ok de Freeden kaamen in dit Jahr 1648, so also dat Wunner wahr worden is. Wer dat aver all nich glöövt, de kann dat mit eegen Oogen sehn: hett de Fro Margret den Mantel mit ehr dankbar Hart de Kark schunken, un liggt nu as Deek up den Altar. Un hebbt em an dissen heiligen Abend inweiht un unner Traanen sungen: Ehre wees Gott in de Hööchde, Freeden up Eerden un de Minschen sien Wohlgefallen, Amen, Amen, Amen."

Nah August Hinrichs

Allerlei to Wiehnachten

De Wiehnachtspredigt.
Een Pastor sitt an sienen Schriefdisch un maakt siene Wiehnachtspredigt. Up sienen Schriefdisch staht luter Schilder un dor steiht up: Waldsterben, Terrorismus, Affdrieven, Tschernobyl, Affrüsten, Atomkraft, usw. Van sienen Mund geiht eene Spreekblaas ut, un dor steiht up: Wo krieg ik dat bloots all in miene Wiehnachtspredigt unner?

*

Wiehnachten fiern.
Wer van us ward Wiehnachten rechd fiern? Wer alle Gewalt, alle Ehre, allet Ansehen, alle Eitelkeit, allen Hochmoot, alle Eegenwilligkeit endlich daalleggt an de Kripp, wer sik to de unnen hoolen deit un Gott alleen Gott weesen lett.

Dietrich Bonhoeffer

*

Christnacht.
In de Christnacht hebbt de Engel weent, denn dat weer de Anfang van Christus sien Lieden. Bi de Krüüzigung aver hebbt se lacht, denn dat Krüüz is de Anfang van de nee-e Welt.

Nah Bethlehem reisen.

Wer nach Bethlehem fleegen will in den Stall – un wer meent, dor weer up jeden Fall de Freeden billig to kriegen, de schull wo anners hen fleegen.

Wer nah Bethlehem reisen will to den Söhn – un wer glöövt, dor weer de Endstation mit vulle Pension för de Seelen, de schull sik wat anners utsööken.

Wer nah Bethlehem reisen will to dat Kind – un wer weet, dat dor de Weg anfangt, jedet Kind leev to hebben, de kunn dat vandaagen all öven.

Nah Hildegard Wohlgemuth

*

Seggt Wiehnachten nix?

In use Gegend giff dat man wenig Minschen, de Wiehnachten nix seggen deit. De Freude tohooptokaamen, tohoop in de Familie un vull Gemööt an dissen Dag, dat all is nich dat Geheemnis van Wiehnachten, wat de Geburt in'n Stall wiesen kann. Wecke meent sogar, dor an vörbi to kieken, um dat to sehn, wo dat up ankummt. Aver dat is all'n kostbaren Weert för sik, dat de Wiehnachtsbotschaft sogar dor, wo de Glooven toschütt is un nich mehr dor is, doch Minschen dorto bringt, dat se wenigstens an dissen eenen Dag, as anners överhaupt nich in't Jahr, minschlich weesen willt, un dorum good sind.

Nah P. Patrick Steiner, OSB

M. Luther in eene Wiehnachtspredigt.

In eene Wiehnachtspredigt hett Martin Luther van eenen framen Mann vertellt, de all in dit Leven in den Himmel kaamen wull. He öövde sik immer mehr, van sik wegtokieken un löösde sik immer mehr van disse Welt. He steeg up de Ledder van dat vullkaamen Goode immer höger, wiet över all de annern, bit he tolesd mit sienen Kopp an den Himmel ran keem. Nu glööv he, he weer dor. Aver dat sloog em daal. De Himmel weer düüster, koold, nix weer dor. Gott leeg up de Eer in de Kripp in'n Stall.

*

De meisten Lüüe.

De meisten Lüüe fiert Wiehnachten, denn de meisten Lüüe fiert Wiehnachten.

*

De Engel.

De Engel hett nich seggt: Siehe, ich verkündige euch große Probleme;
He hett seggt: Siehe, ich verkündige euch große Freude.

*

In di geboren.

Weer Christus duusend mal in Bethlehem geboren, un nich in di, so weerst du in Ewigkeit verlaaren.

Nah Angelus Silesius

De Fier to bunt.

De Fier word to bunt un heiter,
womit de Welt dien Fest begeiht.
Maak us doch för dat Lecht bereiter,
wo dien Steern an' Himmel steiht.
Un över dien Kripp all
wies us dien Krüüz, du Minschensöhn.

Nah Jochen Klepper

*

Diene Leev.

Bring doch – Gott, in use Düüsternis – dien Licht,
In't Vertörnen – diene Versöhnung,
in usen Kummer – diene Freude,
in use koole Leven – diene Leev,
in usen Dood – dien Leven.
Denn sind wi bi dien Fest.
Denn fiert wi wirklich de Geburt van Jesus Christus.

Nah Peter Klever

Pelle treckt ut

Pelle is böös. He is so bitterböös, dat he ut'n Huus will, he will wegtrecken. He will eenfach nich mehr wieter bi de Familie wohnen, wo'n so behandelt ward. Dat weer s'morgens, as Papa in sien Büro gahn wull, un sienen Füllfellerhalter nich finnen kunn. „Pelle, hest du all woller mienen Füllfellerhalter wegnahmen!" fraag Papa un greep Pelle hard an'n Arm.
Pelle harr all överlang all mal Papa sienen Füllhalter utlehnt, aver vandaagen nich. Vandaagen steek de Füllhalter in Papa siene brune Jack, de in't Schapp hung. Pelle weer ganz unschullig, un Papa, de em so hard an'n Arm greepen harr? un Mama? de stund up Papa sien Siet, dat weer klaar. Dat hört nu aver up! Pelle wull uttrecken.

Aver wohen? He kunn nah See gahn, dat kunn he. Up dat Meer, wo de grooden Scheep un de grooden Wellen sind. Dor kunn'n starven. Denn kunne se in'n Huus aver jammern. He kann ok nah Afrika föhren, wo de wilden Löven rum loopt. Wenn Papa denn ut sien Büro nah Huus kummt un as immer fraagt: „Wo is mien litje Pelle?" denn weent Mama un seggt: „Pelle, is van eenen Löven upfreeten worn." Na ja, so geiht dat, wenn man ungerechd is! Aver Afrika is wiet weg. Pelle wull geern n'beeten dichter bi blieven, dat he ok sehn kunn, wo Papa un Mama nah em weenen deen.
Pelle wull dorum nah „Herzhausen" tehn. Herzhausen – so nömmt se dat litje rote Hüüschen, unnen in'n Hoff

mit dat Hart in de Döör. Dor will he hentrecken. He fangt fors an to packen, sien Ball, siene Mundharmonika un „Max un Moritz“, un denn een Lecht. Ja, in twee Daag is doch Wiehnachten. Pelle will in Herzhausen Wiehnachten fiern. Dor will he ok sien litjet Lecht ansticken, dor sitten un „O du fröhliche, o du selige“ up siene Mundharmonika speelen. Dat ward woll ganz troorig klingen, un man kann dat bit hen to Mama un Papa hören. Pelle treckt sik sienen feinen hellblauen Mantel un de Handschen an un sett siene Lellermütz up. He nimmt de groode Papiertüüt mit den Ball un de Handharmonika un dat Lecht in de eene Hand un „Max un Moritz“ in de annere.

„Aver Pelle, wullt du all utgahn?“ fraagt Mama. Pelle antwoord nich. Utgahn, ha! Se schöllt bloots weeten. Mama sütt, dat Pelle eene deepe Falt up de Steern hett un dat siene Oogen so düüster sind. „Pelle, leeve Pelle, wat wullt du, wo wullt du hen?“ „Ik treck um!“ „Wohen denn?“ fraagt Mama. „Nah Herzhausen“ segg Pelle. „Pelle, dat meenst du doch nich wirklich! wolang’ wullt du denn dor wahnen?“ „Immer“, segg Pelle un leggt siene Hand up de Döörklink. „Denn kann Papa jo anners een de Schuld geven, wenn sien Füllfellerhalter wegkummt.“ „Leeve, goode Pelle, segg Mama un legg de Arm um em, „wullt du nich doch bi us blieven? Wi doot di viellich överlang Unrechd, aver wi hebbt di doch leev, ganz düchtig.“ Pelle is still. Aver bloots’n Oogenblick, he smitt ehr eenen lesden düüstern Blick to un wannert weg. Mama steiht an dat Fenster van den Eetruum un sütt, wo de litje hellblaue Jung achter de Döör mit dat Hart weg is. Eene halve Stunn is vörbi. Denn hört Mama'n paar swacke Mundharmonikatöne, de van Herzhausen röver klingt. Dat is Pelle. He speelt „Nun ade, du mien leev Heimatland."

Herzhausen is'n richdig gemütlichen Oort, findt Pelle, för den Anfang jedenfalls. „Max un Moritz" un den Ball un de Mundharmonika hett he, so fein as't geiht, upstellt, un in dat Fenster hett he dat litje Lecht sett. Wo toorig ward dat dor stahn, wenn Papa un Mama to em runnerkieken schullen, ut den Eetruum. An't Fenster van den Eetruum steiht immer de Wiehnachtsboom. De Wiehnachtsboom, ach ja. Un ok – un – de Wiehnachtgeschenke. Pelle sluckt. Nee, he will kiene Wiehnachtsgeschenke van Lüüe annehmen, de seggt, dat he Füllfellerhalters klaut. Nochmal speelt he „Ade du mien leev Heimatland." Lang, ganz lang, ward de Tied in Herzhausen, wat maakt Mama nu woll? Papa is ok woll all nah Huus kaamen. To geern weer Pelle in de Wahnung rupgahn un tokieken, off se weenen doot. Aver dat is eeswaar, dorför eenen Grund to finnen. Denn hett he eenen Infall. He maakt gau den Riegel van de Döör aapen, un geiht, springt ungefehr, över den Hoff un de Treppen rup. Mama is in de Kööк. „Mama", segg Pelle, „wenn för mi viellich Wiehnachtspostkarten kaamen schullen, wullt du denn woll den Breefdreeger seggen, dat ik umtaagen bin?" Mama versspreckt, se wull dat doon. Pelle geiht sinnig woller to de Döör. De Fööt sind em as Blee. „Pelle" segg Mama mit ehre weeke Stimm, „Pelle, aver wat maakt wi mit diene Wiehnachtsgeschenke? Schöllt wi de nah Herzhausen runner schicken, oder kummst du rup un haalst de?“ „Ik will kiene Wiehnachtsgeschenke hebben“, seggt Pelle mit eene harte Stimm. „Aver Pelle“, segg Mama, „dat ward jo’n gräsigen Wienachtsabend. Kien Pelle, de de Keersen an’n Dannenboom ansticken deit, kien Pelle, de den Wiehnachtsmann de Döör aapen maakt, allns, allns ahne Pelle ..“ „Ji köönt jo jo eenen annern Jung’ nehmen“, segg Pelle mit zitternde Stimm. „Nie nich, in’n Leven“, roppt Mama. „Pelle oder kienen! Dat is immer, immer bloots use Pelle, den wi so leev hebbt.“ „Ach so“, seggt Pelle, mit noch mehr Zittern in de Stimm. „Papa un ik, wi weerd hier rumsitten un den ganzen Wiehnachtsaben weenen. Wi weerd nich mal de Lechter ansticken. Wi weerd bloots weenen.“

Do lehnt Pelle den Kopp an de Köökendöör un fangt an to weenen, he weent so van Harten, so luud, so dör un dör – un so fürchterlich! Papa un Mama dood em so unmunnig leed; un as Mama ehre Arms um em leggt, drückt he sien Gesicht an ehren Hals un weent noch mehr, so düchdig, dat Mama ganz natt dorvan ward. „Ik vergeev jo“ segg Pelle twischen de Traanen. „Dank, leeve Pelle“, segg Mama. Veel, veel Stunnen laater kummt Papa ut sien Büro nah Huus un roppt, as immer all in de Daal: „Wo is denn mien litje Pelle?“ „Hier“, jubelt Pelle un smitt sik em an de Hals.

Nah Astrid Lindgren

Wo dat Christkind över smüstern muß

As Joseph mit Maria van Nazareth her unnerwegens weer, um in Bethlehem antogeeven, dat he van David affstammen dee, wat de Obrigkeit just so good as usereen weeten kunnt harr, dat stund jo all lang' schreeven – um disse Tied also keem de Engel Gabriel noch een mal van'n Himmel daal, he wull in'n Stall tokieken, off dat ok all in'ne Reege weer. Sogar för eenen Erzengel, so dicht bi Gott, weer dat swar to begriepen, worum dat nu so'n Stall weesen muß, wo de Herr to Welt kaamen schull un siene Weeg nix mehr as eene Futterkripp. Aver Gabriel wull wenigstens noch de Winde seggen, dat se nich so groff dör de Ritzen kaamen schullen, un de Wulken an'n Heben schullen nich glieks so anröhrt weesen, dat ehre Traanen över dat Kind herfullen, un dat Lecht in de Laterne muß noch eenmal inknütt weern, dat bloots'n beeten schienen schull un nich blenden schull un so glänzen as de Wiehnachtssteern.

De Erzengel dreev ok all dat litje Getier ut'n Stall, de Miegimken un de Spinnen un de Müüs; dat weer nich uttodenken, wat denn passeeren kunn, wenn sik de Mudder Maria vör ehre Tied över eene Muus verjaagen dee. Bloots Oss un Esel druffen blieven, den Esel, den bruuken se jo sowieso nahher för de Flucht nah Ägypten, un de Oss, de weer so unmundig grood un so fuul, dat em ok all de Heerschaaren van'n Himmel nich harrn van de Stee bringen kunnen.

Toles verdeelde Gabriel noch'n Koppel Engelchen in'n Stall rum up de Dackspaaren. Se schullen jo ok bloots still sitten un uppassen un fors Bescheed seggen, wenn dat Kind so naakt un bloot wat Bööses passeeren schull. De Engelchen weern wecke van de litje Aart, de bold bloots noch Kopp un Flunken harrn. Noch een Blick in de Runde, denn böörde de Mächdige siene Flunken hoch un weg weer he.

Good so. Aver nich ganz good, denn dor seet noch een Floh up den Bodden van de Kripp un sleep. Dit litje Scheusal harr de Engel Gabriel nich to sehn kreegen, wennehr harr ok woll een Erzengel dat mit eenen Floh to kriegen.

As dat Wunner nu passeert weer, un dat Kind leeg so lebennig up dat Stroh, so wunnerschön un röhr de Harten an, do kunnen de Engelchen dat vör Freude nich uthooln, se floogen um de Kripp to as'n Schoov Duuven. Wecke blaasen dat Kinnd Duft to, fein to rüüken, un de annern toogen dat Stroh torech, dat dat Kind jo nich drücken kunn.

Dorbi aver waakde de Floh unner dat Stroh up. He kreeg dat grääsig mit de Angst, he dach jo, dor weern wecke achter em an, so as gewöhnlich. He sprung in de Kripp hen un her, versoch all siene Kunst, un toles in de allergröötste Nood, verkroop he sik in dat Ohr van dat Kind. „Vergiff mi“, sä he ganz liesen, he kunn knapp aten, „aver ik kann nich anners, se bringt mi um, wenn se mi to faaten kriegt. Ik will ok maaken, dat ik woller wegkaam, göttliche Gnaden, laat mi bloots sehn, wo.“

He keek um sik to un harr ok fors eenen Plan. „Höör to", sä he, „wenn ik all miene ganze Kraft tohoop nehmen doo, un wenn du stillhoolen deist, denn kunn ik viellich de Glatze van den heiligen Joseph kriegen, un van dor krieg ik dat Fensterkrüüz un de Döör".

„Spring man", sä dat Jesuskind, knapp to höören, „ik holl still." Un do sprung de Floh. Aver dat gung nich, ahne dat he dat Kind in de Ohren so'n beeten kiddeln dee, as he sik torech sedde un de Beenen unnern Buuk trook.

In dissen Oogenblick rüddelde de Mudder Maria ehren Gemahl ut'n Slaap: „Ach kiek doch mal", sä Maria selig, „dat Kind smüüstert all."

Nah Karl Heinrich Waggerl

De dwaßkoppde Esel

As de heilige Joseph in'n Droom gewahr word, dat he mit siene Familie vör den grääsigen König Herodes flüchten muß, waakde de Engel in disse bööse Stunn ok den Esel in'n Stall up. „Stah up", sä he van baven daal, „du draffst de Jungfro Maria mit den Herrn nah Ägypten bringen."

Den Esel gefulll dat gornich. He weer kien fraamen Esel, he weer eder so'n beeten dwaschkoppsch van Gemööt. „Kannst du dat nich sülm besorgen?" fraag he verdraaten, „du hest doch Flunken, un ik mööt allns up'n Puckel sleepen. Worum denn ok glieks nah Ägypten, so himmelwied!" „Seeker is seeker", sä de Engel, denn dat weer een van de Wööer, de sogar een Esel verstahn muß. As de Esel nu ut den Stall sluuren dee un to sehn kreeg, wat för'n Fracht de heilige Joseph för em tohoop draagen harr, dat Bettüüg för de Fro in'ne Weeken, een Pack Winneln för dat Kind, den Kasten mit dat Gold van de Könige un twee Sack mit Weihrook un Myrrhe, eenen ganzen Kees un een Stück Rookfleesch van de Hirten, den Waterschlauch un toles Maria sülven mit dat Kind, ok beide ganz good toweeg, do fung he fors woller an, so för sik her to muhlen. Em verstund jo nums, bloots dat Jesuskind.

„Immer datsülve," sä he, „bi socke Beedellüüe. Mit nix sind se herkaamen, un denn hebbt se'n ganz Fööör för twee Paar Ossen tohoop. Ik bin doch kien Heuwaagen", sä de Esel. Un so seeg he ok wirklich ut, as em Joseph an'n Töögel nehm, kunnst knapp den Hoof sehn.

De Esel maak'n krummen Puckel un schoov de Last torech. Un denn waag he eenen Tree, vörsichtig, denn he dach, dat de Boo över am tohopp breeken muß, wenn he eenen Foot vör den annern setten dee. Aver ganz merkwürdig, he föhl sik up'n mal so wunnerlich licht up de Beenen, as off he sülm draagen word, he danzde bold över Stock un Steen in'n Düüstern. Nich lang', do arger em dat ok woller. „Willt se mi wat utlachen," brummde he. „Bin ik nich de eenzige Esel in Bethlehem, de veer Gassensack up eenmal dreegen kann?" He word vergrellt un stemmde up'n mal de Beenen in'n Sand un gung kienen Tree mehr van de Stee. „Wenn he mi nu noch sleit", dach de Esel ganz bitterböös, „denn hett he siemen ganzen Kraam in'n Graben liggen." Aver Joseph sloog em nich. He greep unner dat Betttüüg un soch nah de Ohren van den Esel un kraul em dortwischen. „Loop noch'n beeten," sä de heilige Joseph ganz sinnig, „wi maakt bold Pause". Dorup süüfste de Esel un sett sik woller in'n Draff. „So een is nu een grooden Heiligen", dach he, „un weet nich mal, wo'n Esel andrieven mööt."

Mit de Tied weer dat Dag worn, un de Sünn brennde heet. Joseph fund n'paar Strüük, de dor schraa un vull Doorn' in de Wööste stunnen. In den litjen Schatten van de Strüük wull he Maria rohn laaten. He lood aff un kaakde eene Soppen. De Esel segg dat vull Affgunst. He tööv up sien eegen Foor, aver bloots, dat he't denn utslahn kunn; „eder freet ik mienen Steert", murmel he, „as jo stuuvig Heu". Dat geev aver kien Heu, nich mal'n

Muhl vull Stroh; de heilige Joseph, in siene Sorg um Fro un Kind, harr dat rein vergeeten. Un fors kreeg de Esel eenen gewaltigen Hunger. He leet siene Ingeweide so luud knurren, dat Joseph ganz verjaagd um sik keek un meende, dor sett'n Lööv in'n Busch. Nu weer ok de Soppen gaar worn, un all eeten dorvan, un ok dat Kind drunk an de Bost van siene Moder; bloots de Esel stund dor un hatt kienen eenzigen litjen Halm to kaun. Dor wuß överhaupt nix, bloots'n paar Dießeln twischen de Steenen. „Gnädige Herr", sä de Esel vergrellt, un rich eene lange Rede an dat Jesuskind. Dat weer woll eene Eselsrede, aver düchdig scharp un överdüütlich in allns, wo eene Kreatur, de lieen mööt, vör Gott to klaagen hett.

„I -a" schree he toles, dat heet: „so wahr as ik een Esel bin". Dat Kind höörde ganz nipp to. As de Esel utsnackt harr, böögde he sik daal un brook een Dißtelstengel un geef em den. „Good", sä de Esel, bit in't Binnerste beleidigt. „So freet ik eben eene Dießel. Aver in diene Weisheit warst du vörutsehn, wat denn passeert. De Dießeln weerd mi den Buuk tweisteeken, un denn mööt ik starven, un denn seht man to, wo ji nah Ägypten kaamt." Böös beet he in dat harde Kruut, un fors bleev em dat Muul aapenstahn; denn de Dießel smeckde dörchut nich, as he dat meent harr, nee, nah sööten Honnigklee, nah ganz würzig Gemöös. Nums kann sik so wat Goodes vörstellen, he muß all'n Esel weesen. För ditmal vergeet de Graue sienen ganzen Grull. He legg siene langen Ohren andächtig över sik tosaamen, wat bi eenen Esel so veel bedüüet, as wenn usereen de Hannen fold.

Nah Karl Heinrich Waggerl

Danke schön, Christkind

Wiehnachten, Christfest! Ok bi us in Bethel ward Wiehnachten fiert! – ganz anners as bi jo to Huus, aver viellich noch schöner. Dor sind de veelen Kinner in use Anstaltshüüs. De freut sik so düchdig, dat' as'n Strom dör dat Huus geiht. So wat kann' annerswo up de Welt nich beleven.

Ik gung an eenen Wiehnachtsabend dör dat Huus för epileptische Jungens. Wat de hebbt, willt ji weeten? In ehren Kopp is dat nich in'ne Reeg, un wenn se'n Anfall hebbt, denn köönt se up'n mal ahne Verstand weesen. Se fallt hen un köönt dorbi to Mallör kaamen. Nahher kriegt se Krämpfe. Dat Ganze düürt bloots n'paar Minuten, is aver gräsig.

So'n kranken Jung weer Willy. Nu an'n Wiehnachtsabend leep he mit groode Tree an'n Rand van de groode Stuuv lang. De Kopp gung immer so merkwürdig hen un her. He keek nich so as den annern Kinner to den Lechterboom hen. He freu sik ok nich an de bunten Biller, so as siene Kameraden. He kunn dat nich, denn he weer nich bloots swacksinnig un harr de Fallsüük, nee, he weer ok blind. Weer em nich de Döör to de Wiehnachtsfreude ganz un gor verslaaten? Nee, dat weer nich so. He harr eene Mundharmonika schunken kreegen. Un doröver harr he allns annere um sik to vergeeten. He gung immerto up un aff un woord gornich mööh dorbi, un versoch up siene Mundharmonika to speelen.

Wenn' genau tolustern dee, denn kunn' hören, dat schull dat Leed weesen: „Ihr Kinderlein kommet“. De Töne, de Willy rutkreeg, weern nich schön, aver dat stöörde em nich. För em weer dat de schönste Musik up de Welt. Up'n mal seeg ik, dat Willy still stund un nich wietergung un siene Harmonika van'n Mund nehm. He lusterde in den Larm van hundert Stimmen rin, wat rund um em to weer in de Stuuv. He lusterde ganz gespannt up de Töne van de annern Instrument van siene litjen kranken Freunde. Un nu gung een Freudenschien över sien smaal Gesicht, un ik kunn hören, dat he vör sik hen sä: „Kieneen hett eene.“ He meen dormit: kieneen hett so'ne Mundharmonika kreegen, bloots ik. Dat freude em duppelt, un unverdraaten gung he wieter, hen un her un up un aff. He blaas: „Ihr Kinderlein kommet“.

Nah'n tiedlang aver seeg ik, dat he noch mal stahn bleev. Noch starker strahlde de Freude över sien Gesicht. „Danke schön, Christkind!“ sä he liesen, un denn gung he wieter un blaas up siene Mundharmonika.

Mi aver weer klaar worn, wat för'n Sünnenschien dör de Wiehnachtsfreude up den düüsteren Weg van den armen Jungen fullen weer. De litje Blinne harr mi dat woller wiest, wat so eenfach is un doch so swaar: Dor ward dat hell in een Minschenleven, wo'n danken lehrt ok för dat Litjeste.

Nah Fr. v. Bodelschwingh

Giff dat den Wiehnachtsmann?

Virginia is acht Jahr oold. Se schrifft an eenen Zeitungsmann: Miene Freundinnen de seggt, dat giff gor kienen Wiehnachtsmann, dat steiht ok in de Zeitung. Papa seggt denn, wenn dat in de Zeitung steiht, denn is dat wahr. Nu segg mi de Wahrheit. Is he'dr nu oder is he'dr nich? De Zeitungsmann, de wull den Breef eers wegpacken. Wat schull he denn seggen. Aver denn sett he sik doch hen un schreef, wat sik Minschen so in de Tied eben vör Wiehnachten denken doot.

Leeve Virginia, diene Freundinnen, de hebbt nich rechd. De sind krank, un dat is'n bööse Krankheit; aver dor kaamt se eers veel laater achter. Paß up, dat du nich ok so krank warst. Use Seel ward denn krank. De grooden Lüü weet denn nich mehr so rech hen un her, wat unnen un baven is, se köönt nich mehr glööven, ehr Hart is arm worn. Anner Lüü hebbt diene Freundinnen dat jo bloots so vörsnackt, un se snackt dat nah, un meent wunner wo klook se sind. Socke Lüü glöövt bloots dat, wat se sehn köönt, un wat ehre Hannen anfaaten köönt un weet gornich mehr, wo bedröövt wenig dat is; wo kunn denn woll een Minsch mit sienen Verstand allns sehn un weeten, alleen mit sienen Verstand? Ja, Virginia, den Wiehnachtsmann giff, jüst so, as de weeke Hand van diene Moder, wenn se di straaken un trösten deit, un een de annern leev hett un van Harten good is. Dat kann' ok nich mit de Oogen sehn un mit den Hannen griepen.

Un doch gifft dat all. Dat kannst doch beleven, un bist du denn nich vergnöögt un so richdig fein gestellt?

Nums kann us verklaaren, wo dat van kummt, wenn wi us freut, wenn wi Wiehnachtsleeder singt un'n Wiehnachtsgedicht upseggt ward, överhaupt, wenn wi us Wiehnachten freut, un worum use Hart so mit sik sülm un mit allns tofreen un glücklich is. De Kinner un ok de grooden Lüü sind arm worn, wenn se dor nix mehr mit anfangen köönt, wat se alleen mit ehren Verstand nich mehr faaten köönt. Dat is so as mit dat Christkind, dat up use Eer kaamen is. Dat kannst ok nich so sehn un anfaaten as dien Speeltüüg. Aver Jesus Christus is'dr, ganz dicht bi us, in use Hart, in use ganze Leven.

Nah Johannes Kuhn

Tante Anna un de Kiekkasten

Snieders Tante Anna fierde to Wiehnachten Geburtsdag. Se harr de 80 vull un harr nich dacht, dat de Lüüe dor so veel Gedoo van maaken wörn. Eerst harr se dat noch gor nich so rechd begreepen. Man nu harrn de Karkenbooden un de Zeitung dat utblaast. Un Fründe un Bekannte geeven sik an ehren Ehrendag de Döörklink in de Hand. De een keem mit Blomen, de anner mit Slickerwark un de meisten mit Kaffeebohnen. Ja, de Frolüüe wussen woll, wo Tante Anna Sinn an harr, un se weern ehr dat ok all in'n Günn'. Snieders Tante Anna harr över 50 Jahr in't heele Dorp flickt un neiht. Dat gung ehr gau van de Hand. Seeben Kinnerkleeder kunn se an eenen Dag inneneen jagen. Un wenn se abends nah Huus gung, nehm se noch'n Tasch vull Arbeit mit in ehre Stuuv. Nah Fierabend neihde se noch Knööp un Haaken un Öösen an un bestick Knooplöcker. Un dat allens för de Kost un 1,50 Mark.

Nu harr se de Nadel ut de Hand leggt. De Froen keeken geern bi ehr rin, brochen Sommerdaags wat ut'n Gaarn un Winterdaags wat van't Geslachte. Ehr Eeten kaakte se noch sülm. Man dat Anhoolen dee nu eene junge Deern ut de Verwandschup. Disse Deern meende nu partu, Tante keem um vör Langewil. Dorum harr se sik wat Besunners utdacht. Tante Anna schull eenen Kiekkasten hebben. De Deern kollekteerde bi Verwandte, bi de Nabers, bi Fründe un Bekannte, sotoseggen in't ganze Dorp. Un wenn't ok jüst kien ganz

neeen Kiekkasten weer, Tante Anna kreeg doch so'n Kiekkasten up ehre Kommod. Dor schull se sik de Tied mit verdrieven. As se abends nah dat Geloop van ehren Geburtsdag endlich dat Riek för sik alleen harr, bekeek se noch eenmal all ehre Geschenke, ok den Kiekkasten. „Dat schall mi doch eers nee doon, wat dor woll rutkummt", dach Tante Anna, as se up den Knoop drückde. Meinzeit! Dor weer jo een up Hochdüütsch an't Vertellen. Un dor keek ehr ok all'n feinen Herr mit'n witten Kragen un'n langen Slips in'ne Oogen. Recht fründlich, dat muß se em laaten. Tante Anna lusterde sik dat Gesnack n'litjet Sett an. Denn sä se to den feinen Herrn: „Ik kann dor nich mehr gegen an, ik bin möh un mööt nu in't Bett. Du möößt nu weggahn, ik will mi uttrecken." Man de feine Herr stöörde sik kien Spier an Tanta Annas Wööer, he snackde egalweg wieter. „Ik will di woll hölpen", draude Tante Anna, „ik dreih di eenfach dat Licht in dienen Kasten ut. Denn schallst du woll swiegen, du lesd jo allns aff. Du kannst jo nix utwennig, dat hebb ik all lang' markt". Tante Anna drückde woller up den Knoop. In'n Kasten weer dat düüster, de Keerl kroop langsam torügg un sweeg still. „Goode Nacht" reep Anna em noch nah.
Se trook sik de Schoh ut, knööpde ehr Fierdaagskleed up un wullt jüst sacken laaten, do schoot ehr dat dör'n Kopp: Off he mi dör de Glasschiev nich doch noch sehn kann? Dat weer mi denn doch schanneerlich. Ik dreih leever dat Licht in'ne Stuuv ut, denn is't pickendüüster, denn kann he ok nix mehr sehn".
Tante Anna dreihde dat Licht ut, se kunn sik ok in'n Düüstern hölpen. Nah dissen Dag sleep se gau in. Man

dat duurde nich lang, do muß se doch woller ut'n Bett rut, se harr nahmiddaags 'n paar Tassen Kaffee drunken, un de kunn se nich bloots utsweeten. Tante Anna maakde sik dat Nachtlicht an, sedde sik up de Bettkant un wull all nah de Döör van den Nachtschrank griepen. Do full ehr de Kerl in'n Fernsehen woller in. „Eers mal mööt ik weeten, off de Kerl all sloppt". Se sloog sik eene Deek um un drückde vörsichtig den Kastenknoop. Un se verjaagde sik nich slecht, de Kerl keek ehr liek in de Oogen un sä: „Sie hören jetzt die Spätnachrichten".
„De will ik jo gornich hören" fuderte Tante Anna, „maak doch, dat du nah Huus kummst. Wat deihst du so laat bi anstännige Fronslüüe in'ne Stuuv? Du bringst mi noch in't Gesnack van de Lüüe." Se hau up den Knoop, dat man so knallde. De Kerl weer still! „Man he gluupt seeker noch achter mi an", simmeleerde Tante Anna. „Dat is jo'n ganz Döörgeneihten, n'fiesen Patron, ok wenn he'n witten Kragen hett. Igittigitt, dat is jo'n Wulf in'n Schaapsfell. Man ik will di dat Glupen woll afflehren"! Tante Anna greep den Kasten un dreihde em rum nah de Wand. „So", sä Tante Anna, „nu kiek di man de Tapeten an, mi kannst denn nich mehr sehn. Un wenn du di nu noch röögst, denn haal ik de Polizei. Morgen, bi lechden Dag mööß du sowieso ut'n Huus rut. Man nu bi nachtslaapen Tied will ik dor nich so'n Gedoo van maaken."

Den annern Dag seet Tante Anna woller ahne Kiekkasten in ehr Stuuv. „De een Fiesemantenten sind nix för mi, ik will miene Roh hebben. Mit so'n neemoodschen Tiedverdriev kann' jo nachts nich mal richdig slaapen".

Wat dat up Hochdüütsch heeten deit

affreeten	abgerissen
anto	dran
Bandslööpen	Bänder-schleifen
belugg	belügt
bistern	herum-irren
blööen	bluten
böören	aufheben
Boot	Buße
Braaen	Braten
Brass	Wut
daal	Tat
Deern	Mädchen
Dooven	Tauben
drömisch	träumerisch
duuken	ducken
dwaschkoppd	störrisch
Eetruum	Eßzimmer
Flunken	Flügel
fögen	fügen
fold	falten
fraaren	gefroren

Garner	Gärtner
Gassen	Gerste
Gemös	Gemüse
gluupen	schauen
Gort	Grütze
gräsig	gräßlich
hachpachen	schwer atmen
Harder	Hirte
hertaagt	herbei-gebracht
hüütig	heutig
inknütten	einbläuen
Isbaar	Eisbär
Kaamer	Kammer
Kee	Kette
Keersen	Kerzen
leddig	leer
lugg	lügt
lustern	lauschen
Miegimken	Ameisen
nau	geizig
Nees	Nase

minnachten	gering achten
nipp	genau
Reschupp	Gerät-schaften
röögen	rühren
Rügg	Rücken
ruug	rauh
Ruum	Raum
schanneerlich	genierlich
Schören	Scherben
Schoov	Schar
Schüün	Scheune
Sett	Zeitlang
sleit	schlägt
sluuren	schleichen
smüstern	lächeln
Snappsäck	Beutel mit Essen
Stee	Stelle
stilken	heimlich

Streemen	Striemen
Strüük	Sträucher
stuuvig	staubig
süüfzen	seufzen
Süük	Seuche
Togg	Zug
towoller	zuwider
Tree	Tritt
twei	entzwei
twieveln	zweifeln
umtaagen	umge-zogen
verdreegen	vertragen
vergrellt	zornig
verhaalen	erholen
verklaaren	erklären
verschaamt	verschämt
vertören	erzürnen
wahrschooen	verwarnen
Zeegen	Ziegen